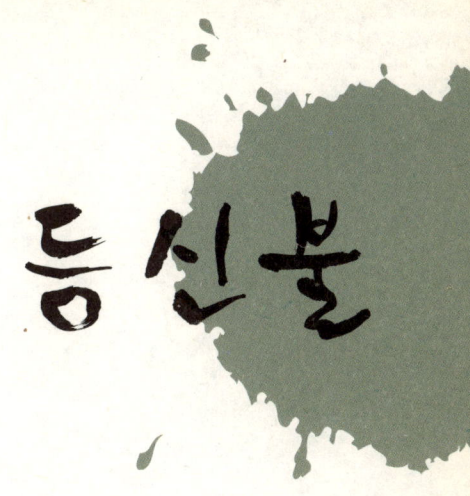

등신불

맑은창 문학선 ②

등신불

| 찍은날 | 2011년 1월 28일 |
| 펴낸날 | 2011년 2월 8일 |

지은이	김 동 리
작품해설	이 철 송
펴낸이	조 명 숙
펴낸곳	도서출판 맑은창
등록번호	제16-2083호
등록일자	2000년 1월 17일

주소 | 서울·금천구 가산동 771 두산 112-502
전화 | (02) 851-9511
팩스 | (02) 852-9511
전자우편 | hannae21@korea.com

ISBN 978-89-86607-80-2 03810

값 7,000원

• 잘못된 책은 바꾸어드립니다.

등신불

김동리 지음

도서출판 맑은창

차 례

7 • 등신불

37 • 무녀도

77 • 역마

111 • 작품 해설

124 • 김동리 연보

등신불

등신불(等身佛)은 양자강(揚子江) 북쪽에
있는 정원사(淨願寺)의 금불각(金佛閣) 속에
안치되어 있는 불상의 이름이다.
등신금불(等身金佛) 또는 그냥 금불이라고도
불렀다.

등신불

　등신불(等身佛)은 양자강(揚子江) 북쪽에 있는 정원사(淨願寺)의 금불각(金佛閣) 속에 안치되어 있는 불상의 이름이다. 등신금불(等身金佛) 또는 그냥 금불이라고도 불렀다.
　그러니까 나는 이 등신불, 등신금불로 불리워지는 불상에 대해 보고 듣고 한 그대로를 여기다 적으려 하거니와, 그보다 먼저, 내가 어떻게 해서 그 정원사라는 먼 이역의 고찰(古刹)을 찾게 되었었는지 그것부터 이야기해야겠다.

　내가 일본의 대정대학 재학 중에, 학병(태평양 전쟁)으로 끌려 나간 것은 1943년 이른 여름, 내 나이 스물 세 살 나던 때였다.
　내가 소속된 부대는 북경(北京)서 서주(徐州)를 거쳐 남경(南

京)에 도착되었다. 그리하여 우리는 다른 부대가 당도할 때까지 거기서 머무르게 되었다. 처음에 주둔이라기보다 대기에 속하는 편이었으나 다음 부대의 도착이 예상보다 늦어지자 나중은 교체 부대가 당도할 때까지 주둔군(駐屯軍)의 임무를 맡게 되었다.

그때 우리는 확실한 정보는 아니지만 대체로 인도지나나 인도네시아 방면으로 가게 된다는 것을 어림으로 짐작하고 있었기 때문에, 하루라도 오래 남경에 머물면 머물수록 그만큼 우리의 목숨이 더 연장되는 거와 같이 생각하고 있었다. 따라서 교체 부대가 하루라도 더 늦게 와 주었으면 하고 마음속으로 은근히 빌고 있는 편이기도 했다.

실상은 그냥 빌고 있는 심정만도 아니었다. 더 나아가서 이 기회에 기어이 나는 나의 목숨을 건져 내어야 한다고 결심했다. 나는 이런 기회를 위하여 미리 약간의 준비(조사)까지 해 두었던 것이다. 그것은 중국의 불교학자로서 일본에 와 유학을 하고 돌아간 — 특히 대정대학 출신으로 — 사람들의 명단을 조사해 둔 일이 있었다. 나는 비장(秘藏)한 작은 쪽지에서 '남경 진기수(陣奇修)'란 이름을 발견했을 때, 야릇한 흥분으로 가슴이 두근거리며 머리 속까지 횡해지는 듯했다.

그러나 낯선 이역의 도시에서, 더구나 나 같은 일본군에 소속된 한국 출신 학병의 몸으로서, 그를 찾고 못 찾고 하는 일이 곧 내가 죽고 사는 판가름이라고 생각하지 않았던들, 또 내가 평소에 나의 책상머리에 언제나 걸어두고 바라보던 관세음보살님이 미소로써 나를 굽어보고 있는 것이라고 믿어지지 않았던들 그때의 그러한 용기와 지혜를 내 속에서 나는 자아내지 못했을는지 모른다.

나는 우리 부대가 앞으로 사흘 이내에 남경을 떠난다고 하는 — 그것도 확실한 정보가 아니고 누구의 입에선가 새어 나온 말이지만 — 조마조마한 고비에 정심원(靜心院) — 남경에 있는 중국인 불교 포교당)에 있는 포교사(布敎師)를 통하여 진기수 씨가 남경 교외의 서공암(棲空庵)이라는 작은 암자에 독거(獨居)하고 있다는 것을 알게 되었다.

그날 내가 서공암에서 진기수 씨를 찾게 된 것은 땅거미가 질 무렵이었다. 나는 그를 보자 합장을 올리며 무수히 머리를 수그림으로써 나의 절박한 사정과 그에 대한 경의를 먼저 표한 뒤 솔직하게 나의 처지와 용건을 털어 놓았다.

그러나 평생 처음 보는 타국 청년 — 그것도 적군의 군복을 입은 — 에게 그러한 협조를 쉽사리 약속해 줄 사람은 없었다. 그의 두 눈이 약간 찡그려지며 입에서는 곧 거절의 선고가 내릴 듯한 순간, 나는 미리 준비하고 갔던 흰 종이를 끄집어 내어 내 앞에 폈다. 그리고는 바른편 손 식지 끝을 스스로 물어서 살을 떼어낸 다음 그 피로써 다음과 같이 썼다.

"願免殺生 歸依佛恩"(원컨대 살생을 면하게 하옵시며 부처님의 은혜 속에 귀의코자 하나이다).

나는 이 여덟 글자의 혈서를 두 손으로 받들어 그의 앞에 올린 뒤, 다시 합장을 했다.

이것을 본 진기수 씨는 분명히 얼굴빛이 달라졌다. 그것은 반

드시 기쁜 빛이라 할 수는 없었으나 조금 전의 그 거절의 선고만은 가셔진 듯한 얼굴이었다.
　잠깐 동안 침묵이 흐른 뒤, 진기수 씨는 나직한 목소리로 입을 열었다.
　"나를 따라오게."
　나는 곧 자리에서 일어나 그의 뒤를 따라갔다.
　깊숙한 골방이었다.
　진기수 씨는 나를 그 컴컴한 골방 속에 들여보내고 자기는 문을 닫고 도로 나가 버렸다. 조금 뒤 그는 법의 (法衣--中國僧侶服) 한 벌을 가져와 방안으로 디밀며,
　"이걸로 갈아입게."
　하고는 또다시 문을 닫고 나갔다.
　나는 한숨이 터져 나왔다. 이제야 사는가 보다 하는 생각이 나의 가슴속을 후끈하게 적셔 주는 듯했다.
　내가 옷을 갈아입고 났을 때, 이번에는 또 간소한 저녁상이 디밀어졌다. 나는 말없이 디밀어진 저녁상을 또한 그렇게 말없이 받아서 지체없이 다 먹어 치웠다.
　내가 빈 그릇을 문밖으로 내어 놓자 밖에서 기다리고나 있었던 듯 이내 진기수 씨가 어떤 늙은 중 하나를 데리고 들어왔다.
　"이 분을 따라가게. 소개장은 이분에게 맡겼어. 큰절(本刹)의 내법사 스님한테 가는……."
　"……."
　나는 무조건 네, 네, 하며 곧장 머리를 끄덕일 뿐이었다. 나를

살려 주려는 사람에게 무조건 나를 맡길 수밖에 없었던 것이다.
"길은 일본 병정들이 알지도 못하는 산속 지름길이야. 한 백 리 남짓 되지만 오늘이 스무 하루니까 밤중 되면 달빛도 좀 있을 게구……. 그럼…… 불연(佛緣) 깊기를…… 나무관세음보살."
그는 나를 향해 합장을 하며 머리를 수그렸다.
"……."
나는 목이 콱 메여 옴을 깨달았다. 눈물이 핑 돈 채 나도 그를 향해 잠자코 합장을 올렸다.

어둡고 험한 산길을 경암(鏡岩) ─ 나를 데리고 가는 늙은 중 ─ 은 거침없이 걸었다. 아무리 발에 익은 길이라 하지만 군데군데 나뭇가지가 걸리고 바닥이 패이고 돌이 솟고 게다가 굽이굽이 간수(澗水)가 가로지른 초망(草莽, 풀숲) 속의 지름길을 칠흑 같은 어둠 속에서 어쩌면 그렇게도 잘 뚫고 나가는지 그저 신기하기만 했다. 내가 믿는 것은 젊음 하나뿐이련만 그는 이십 리나 삼십 리를 걸어도 힘에 부치어 쉬자고 할 기색은 보이지 않았다.
나는 쉴 새 없이 손으로 이마의 땀을 씻어 가며 그의 뒤를 따랐으나 한참씩 가다 보면 어느덧 그를 어둠 속에 잃어버리곤 했다. 나는 몇 번이나 나뭇가지에 얼굴이 긁히우고, 돌에 채여 무릎을 찢기우고 하며 "대사…" "대사…" 그를 불러야만 했다. 그럴 때마다 경암은 혼잣말로 낮게 중얼거리며 나를 기다려 주는 것이나, 내가 가까이 가면 또 아무 말도 없이 그냥 휙 돌아서서 걸음을 옮겨 놓기 시작하는 것이다.

밤중도 훨씬 넘어 조각달이 수풀 사이로 비쳐 들면서 나는 비로소 생기를 얻기 시작했다. 이제부터는 경암이 제아무리 앞에서 달린다 하더라도 두 번 다시 그를 놓치지는 않으리라 맘속으로 다짐했다.

이렇게 정세가 바뀌어졌음을 그도 느끼는지 내가 그의 곁으로 다가서자 그는 나를 흘깃 돌아다보더니, 한 쪽 팔을 들어 먼 데를 가리키며 반원을 그어 보이고는 이백 리라고 했다. 이렇게 지름길을 가지 않고 좋은 길로 돌아가면 이백 리 길이라는 뜻인 듯했다.

나는 한마디 얻어 들은 중국말로 "쎄 쎄" 하고 장단을 맞추며 고개를 끄덕여 보이곤 했다.

우리가 정원사 산문 앞에 닿았을 때는 이튿날 늦은 아침녘이었다. 경암은 푸른 수풀 속에 거뭇거뭇 보이는 높은 기와집들을 손가락질로 가리키며 자랑스런 얼굴로 무어라고 중얼거렸다. 나는 또 고개를 끄덕이며 "하오! 하오!"를 되풀이했다.

산문을 지나 정문을 들어서니 산무데기 같은 큰 다락이 정면에 버티고 섰다. 현판을 쳐다보니 '태허루(太虛樓)'라 씌어 있었다.

태허루 곁을 돌아 안마당 어귀에 들어서니 정면 한가운데 높직이 앉아 있는 가장 웅장한 건물이 법당이라고 짐작이 가나 그 양 옆으로 첩첩이 가로 세로 혹은 길쭉하게 눕고, 혹은 높다랗게 서고 혹은 둥실하게 앉은 무수한 집들이 모두 무슨 이름에 어떠한 구실을 하는 것들인지 첫눈엔 그저 황홀하고 얼떨떨할 뿐이었다.

경암은 나를 데리고, 그 첩첩이 둘러앉은 집들 사이를 한참 돌더니 청정실(淸淨室)이란 조그만 현판이 붙은 조용한 집 앞에 와서 기척을 했다. 방문이 열리더니 한 스무 살이나 될락말락한 젊은 중이 얼굴을 내밀며 알은 체를 한다. 둘이서(젊은이는 방문 앞에 서고 경암은 뜰 아래 선 채) 한참동안 말을 주고받고 한 끝에 경암이 나를 데리고 집안으로 들어갔다.

방안에는 머리가 하얗게 세고 키가 성큼하게 커 뵈는 노승이 미소 띤 얼굴로 경암과 나를 맞아 주었다. 나는 말이 통하지 않으므로 노승 앞에 발을 모으고 서서 정중히 합장을 올렸다. 어저께 진기수 씨 앞에서 연거푸 머리를 수그리던 것과는 달리 이번에는 한 번만 정중하게 머리를 수그려 절을 했던 것이다.

노승은 미소 띤 얼굴로 고개를 끄덕이며 나에게 자리를 가리킨 뒤 경암이 내어드린 진기수 씨의 편지를 펴 보았다.

"불은(佛恩)이로다."

편지를 읽고 난 노승은 이렇게 말했다(그것도 그때는 알아듣지 못했지만 나중에 가서 알고 보니 그랬다. 그리고 이것도 나중에야 알게 된 일이지만 이 노승이 두어해 전까지 이 절의 주지를 지낸 원혜대사(圓慧大師)로 진기수 씨가 말한 자기의 법사(法師) 스님이란 곧 이 분이었던 것이다).

그날 저녁 나는 원혜대사의 주선으로 그가 거처하고 있는 청정실 바로 곁의 조그만 방 한 칸을 혼자서 쓸 수 있게 되었다.

나를 그 방으로 인도해 준 젊은이 — 원혜대사의 시봉(侍奉)

―는,

"저와 이웃이죠."

희고 넓적한 이를 드러내 보이며 빙긋이 웃었다. 그리고 자기 이름을 청운(淸雲)이라 부른다고 했다.

나는 방 한 칸을 따로 쓰고 있었지만 결코 방안에 들어앉아 게으름을 피우지는 않았다. 나를 죽을 고비에서 건져 준 진기수 씨 ― 그의 법명(法名)은 혜운(慧雲)이었다 ― 나 원혜대사의 은덕을 생각해서라도 나는 결코 남의 입질에 오르내릴 짓을 해서는 안 되리라고 결심했다.

나는 아침 일찍이 일어나 세수를 하고, 예불을 끝내면 청운과 함께 청정실 안팎과 앞뒤의 복도와 뜰을 먼지 티끌 하나 없이 쓸고 닦았다.

뿐만 아니라, 다른 스님들을 따라 산에 가 약도 캐고 식량 준비도 거들었다(이 절에서도 전쟁 관계로 식량이 딸렸으므로 산중의 스님들은 여름부터 식용이 될 만한 풀잎과 나무 뿌리 같은 것들을 캐러 산으로 가곤 했었다).

일을 마치고 돌아오면 손발을 깨끗이 씻고 내 방에 꿇어앉아 불경을 읽거나 그렇지 않으면 처운에게 중국어를 배웠다(이것은 나의 열성에다 청운의 호의가 곁들어서 그런지 의외로 빨리 진척이 되어 사흘 만에 이미 간단한 말로 ― 물론 몇 마디씩이지만 대화하는 흉내까지 낼 수 있게 되었다).

아무리 방에 혼자 있을 때라도 취침 시간 이외엔 방안에 번듯이 드러눕지 않도록 내 자신과 씨름을 했다. 그렇게 버릇을 들이

지 않으려고 나는 몇 번이나 내 자신에게 다짐을 놓았는지 모른다. 졸음이 와서 정 견디기가 어려울 때는 밖으로 나와 어정대며 바람을 쐬곤 했다.

처음엔 이렇게 막연히 어정대며 바람을 쐬던 것이 얼마 가지 않아 나는 어정대지 않게 되었다. 으레 가는 곳이 정해지게 되었다. 그것은 저 금불각(金佛閣)이었던 것이다.

여기서도 물론 나는 법당 구경을 먼저 했다.

본존(本尊)을 모셔 둔 곳이니만큼 그 절의 풍도나 품격을 가장 대표적으로 보여 주는 곳이라는 까닭으로서보다도 절 구경은 으레 법당이 중심이라는 종래의 습관 때문이라고 하는 편이 옳았는지 모른다. 그러나 내가 법당에서 얻은 감명은 우리 나라의 큰 절이나 일본의 그것에 견주어 그렇게 자별하다고 할 것이 없었다. 기둥이 더 굵대야 그저 그렇고, 불상이 더 크대야 놀랄 정도는 아니요, 그 밖에 채색이나 조각에 있어서도 한국이나 일본의 그것에 비하여 더 정교한 편은 아닌 듯했다. 다만 정면 한가운데 높직이 모셔져 있는 세 위(位)의 불상(훌륭히 도금을 입힌)을 그대로 살아 있는 사람으로 간주하고 힘겨룸을 시켜 본다면 한국이나 일본의 그것보다 더 놀라운 힘을 쓸 수 있지 않을까 하는 생각이었다. 그러니까 나로서는 어디까지나 '살아 있는 사람으로 간주하고 힘겨룸을 시켜 본다면' 하는 가정에서 말한 것이지만, 그네의 눈으로써 보면 자기네의 부처님(불상)이 그만큼 더 거룩하게만 보일는지 모를 일이었다. 더 쉽게 말하자면 내가 위에서 말한 더 놀라운 힘이란 체력을 뜻하는 것이지만 그들의 눈에는 그것이 어떤 거룩한 법력이나 도력으로 비칠는지도 모른다는 것이었다.

그리고 내가 특히 이런 생각을 더하게 된 것은 금불각을 구경한 뒤였다. 금불각 속에 모셔져 있는 등신불(등신금불)을 보고 받은 깊은 감명이 그 절의 모든 것을, 특히 법당에 모셔져 있는 세 위의 큰 불상을, 거룩하게 느끼게 하는 어떤 압력 같은 것이 되어 나타났다고나 할까.

물론 나는 청운이나 원혜대사로부터 금불각에 대하여 미리 들은 바도 없으면서 금불각이 앉은 자리라든가 그 집 구조로 보아서 약간 특이한 느낌이 그 안의 불상(등신불)을 구경하기 전에 이미 들지 않았던 것은 아니다. 그것은 무엇보다도 법당 뒤켵에서 길 반 가량 높이의 돌계단을 올라가서, 거기서부터 약 오륙십 미터 거리의 석대(石臺)가 구축되고 그 석대가 곧 금불각에 이르는 길이 되어 있기 때문인지도 몰랐다. 더구나 그 석대가 똑같은 크기의 넓적넓적한 네모잽이 돌로 쌓아져 있는데 돌 위엔 보기 좋게 거뭇거뭇한 돌옷이 입혀져 있었던 것이다. 말하자면 법당 뒤켵의 동북쪽 언덕을 보기 좋은 돌로 평평하게 쌓아서 석대를 만들고 그 위에 금불각을 세워 놓은 것이다. 게다가 추녀와 현판을 모두 돌아가며 도금을 입히고 네 벽에 새긴 조상(彫像)과 그림에 도금을 많이 써서 그야말로 밖에서 보는 건물 그 자체부터 금빛이 현란했다.

나는 본디 비단이나, 종이나, 나무나, 쇠붙이 따위에 올린 금물이나 금박 같은 것을 왠지 거북해 하는 성미라 금불각에 입혀져 있는 금빛에도 그러한 경계심(警戒心)과 반감 같은 것을 품고 대했지만, 하여간 이렇게 석대를 쌓고 금칠을 하고 할 때는 그네들로서 무엇인가 아끼고 위하는 마음의 표시를 하느라고 한 것임에 틀림없을 것이라고 보지 않을 수 없었다.

그러면서도 나는 그 아끼고 위하는 것이 보나마나 대단한 것은 아니리라고 혼자 속으로 미리 단정을 내리고 있었다. 나의 과거 경험으로 본다면 이런 것은 대개 어느 대왕이나 황제의 갸륵한 뜻으로 순금을 많이 넣어서 주조(鑄造)한 불상이라든가 또는 어느 천자가 어느 황후의 명목을 빌기 위해서 친히 불사를 일으킨 연유의 불상이라든가 하는 따위 ― 대왕이나 황제의 권위를 보여 주기 위한 금빛이 십상이었기 때문이었다.

나의 이러한 생각은 그들이 이 금불각의 권위를 높이기 위하여 좀처럼 문을 열어 주지 않는 것을 보고 더욱 굳어졌다. 적어도 은화(銀貨) 다섯 냥 이상의 새전(賽錢)이 아니면 문을 여는 법이 없다는 것이다. 그렇지 않으면 어느 선남 선녀의 큰 불공이 있을 때라야만 한다는 것이다(그리고 이때 ― 큰 불공이 있을 ― 에도 본사 승려 이외에 금불각을 참례하는 자는 또 따로 새전을 내어야 한다는 것이다).

그렇다면 더구나 신도들의 새전을 긁어 모으기 위한 술책으로 좁쌀만한 언턱거리를 가지고 연극을 꾸미고 있는 것임에 틀림이 없으리라고 나는 아주 단정을 하고 도로 내 방으로 돌아왔다가 그때 마침 청운이 중국어를 가르쳐 주려고 왔기에,

"저 금불각이란 게 뭐지?"

아무것도 아닌 것처럼 물어 보았다.
"왜요?"
청운이 빙긋이 웃으며 도로 물었다.
"구경 갔더니 문을 안 열어 주던데……."
"지금 같이 가 볼까요?"
"무어, 담에 보지."
"담에라도 그럴 거예요, 이왕 맘 난 김에 가 보시구려."

청운이 은근히 권하는 빛이기도 해서 나는 그렇다면 하고 그를 따라 나갔다.

이번에는 청운이 숫제 금불각을 담당한 노승에게서 쇳대(열쇠)를 빌어 와서 손수 문을 열어 주었다. 그리고 문앞에 선 채 그도 합장을 올렸다.

나는 그가 문을 여는 순간부터 미묘한 충격에 사로잡힌 채 그가 합장을 올릴 때도 그냥 멍하니 불상만 바라보고 서 있었다.

우선 내가 예상한 대로 좀 두텁게 도금을 입힌 불상임에는 틀림이 없었다. 그러나 그것은 전혀 내가 미리 예상했던 그러한 어떤 불상이 아니었다. 머리 위에 향로를 이고 두 손을 합장한, 고개와 등이 앞으로 좀 수그러진, 입도 조금 헤벌어진, 그것은 불상이라고 할 수도 없는, 형편없이 초라한, 그러면서도 무언지 보는 사람의 가슴을 쥐어짜는 듯한, 사무치게 애절한 느낌을 주는 등신대(等身大)의 결가부좌상(結跏趺坐像)이었다. 그렇게 정연하고 단아하게 석대를 쌓고 추녀와 현판에 금물을 입힌 금불각 속에 안치되어 있음직한 아름답고 거룩하고 존엄성 있는, 그러

한 불상과는 하늘과 땅 사이라고나 할까, 너무도 거리가 먼, 어이가 없는, 허리도 제대로 펴고 앉지 못한, 머리 위에 조그만 향로를 얹은 채 우는 듯한, 웃는 듯한, 찡그린 듯한, 오뇌와 비원(悲願)이 서린 듯한, 그러면서도 무어라고 형언할 수 없는 슬픔이랄까, 아픔 같은 것이 보는 사람의 가슴을 콱 움켜잡는 듯한, 일찍이 본 적도 상상한 적도 없는 그러한 어떤 가부좌상이었다.

내가 그것을 바라보는 순간부터 나는 미묘한 충격에 사로잡히게 되었다고 말했지만, 그러나 그 미묘한 충격을 나는 어떠한 말로써도 설명할 길이 없다. 다만 나는 그것을 바라보고 있는 동안 처음 보았을 때 받은 그 경악과 충격이 점점 더 전율과 공포로 화하여 나를 후려 갈기는 듯한 어지러움에 휩싸일 뿐이었다고나 할까. 곁에 있던 청운이 나의 얼굴을 돌아다보았을 때도 나는 손끝 하나 까딱하지 못하며 정강마루와 아래턱을 그냥 덜덜덜 떨고 있을 뿐이었다.

'저건 부처님도 아니다! 불상도 아니야!'

나는 내 자신도 모르는 사이에 이렇게 목이 터지도록 소리를 지르고 싶었으나 나의 목구멍은 얼어붙은 듯 아무런 말도 새어 나지 않았다.

이튿날 새벽 예불을 마치고 내가 청운과 더불어 원혜대사에게 아침 인사를 드리러 갔을 때 스님은,

"어저께 금불각 구경을 갔었니?"

물었다.

내가 겁에 질린 얼굴로 참배했었다고 대답하자, 스님은 꽤 만족한 얼굴로,
"불은이로다."
했다.
나는 맘속으로 그건 부처님이 아니었어요, 부처님의 상호가 아니었어요, 하고 소리를 지르고 싶은 충동을 깨달았으나 굳이 입을 닫고 참을 수밖에 없었다.
이때 스님(원혜대사)은 내 맘속을 헤아리는 듯,
"그래 어느 부처님이 제일 맘에 들더냐?"
물었다.
나는 실상 그 등신불에 질리어 그 곁에 모신 다른 불상들은 거의 살펴보지도 못했던 것이다.
"다른 부처님은 미처 보지도 못했어요. 가운데 모신 부, 부처님이 어떻게나 무, 무서운지……."
나는 또 아래턱이 덜덜덜 떨리어 말을 이을 수 없었다.
원혜대사는 말없이 나의 얼굴(아래턱이 덜덜덜 떨리는)을 가만히 건너다 보고만 있었다. 그러자 나는 지금 금방 내 입으로 부처님이라고 말한 것이 생각났다. 왜 그런지 그렇게 말해서는 안될 것을 말한 듯한 야릇한 반발이 내 속에서 폭발되었다.
"그렇지만…… 아니었어요…… 부처님의 상호 같지 않았어요."
나는 전신의 힘을 다하여 겨우 이렇게 말해 버렸다.
"왜, 머리에 얹은 것이 화관이 아니고 향로래서 그러니? ……

그렇지, 그건 향로야."
　원혜대사는 조금도 나를 꾸짖는 빛이 아니었다. 오히려 나의 그러한 불만에 구미가 당기는 듯한 얼굴이었다.
　"……."
　나는 잠자코 원혜대사의 얼굴을 쳐다보고 있었다. 곁에 있던 청운이 두어 번이나 나에게 눈짓을 했을 만큼 나의 두 눈은 스님을 쏘아 보듯이 빛나고 있었다.
　"자네 말대로 하면 부처님이 아니고 나한(羅漢)님이란 말인가. 그렇지만 나한님도 머리 위에 향로를 쓴 분은 없잖아. 오백 나한(五百羅漢) 중에도……."
　나는 역시 입을 닫은 채 호기심에 가득 찬 눈으로 스님의 얼굴을 쳐다볼 뿐이었다.
　그러나 원혜대사는 더 자세한 이야기를 들려주지 않았다.
　"그렇지, 본래는 부처님이 아니야. 모두가 부처님이라고 부르게 됐어. 본래는 이 절 스님인데 성불(成佛)을 했으니까 부처님이라고 부른 게지. 자네도 마찬가지야."
　스님은 말을 마치고 가만히 두 손을 모아 합장을 한다.
　나도 머리를 숙이며 합장을 올리고 자리에서 일어났다.
　그날 아침 공양을 마치고 청정실로 건너올 때 청운은 나에게 턱으로 금불각 쪽을 가리키며,
　"나도 첨엔 이상했어, 그렇지만 이 절에선 영검이 제일 많은 부처님이라오."
　"영검이라고?"

나는 이렇게 물었지만 실상은 청운이 서슴지 않고 부처님이라고 부르는 말에 더욱 놀랐던 것이다. 조금 전에도 원혜대사로부터 '모두가 부처님이라고 부르게 됐다'는 말을 듣긴 했지만 그때까지의 나의 머릿속에 박혀 있는 습관화된 개념으로써는 도저히 부처님과 스님을 혼동할 수 없었던 것이다.
"그럼, 그래서 그렇게 새전이 많다오."
청운의 대답이었다. 그는 계속해서 들려주었다.

…스님의 이름은 잘 모른다. 당(唐)나라 때다. 일천수백 년 전이라고 한다. 소신공양(燒身供養)으로 성불을 했다. 공양을 드리고 있을 때 여러 가지 신이(神異)가 일어났다. 이것을 보고 들은 수많은 사람들이 구름같이 모여들어서 아낌없이 새전과 불공을 드렸는데, 그들 가운데 영검을 보지 못한 사람은 하나도 없다. 그 뒤에도 계속해서 영검이 있었다. 지금까지 여기 금불각(등신금불)에 빌어서 아이를 낳고 병을 고치고 한 사람의 수효는 수천수만을 헤아린다. 그 밖에도 소원을 성취한 사람은 이루 다 헤아릴 수가 없다…….
나도 청운에게서 소신 공양이란 말을 들었을 때 몸이 부르르 떨렸다.
"그러면 그럴 테지……."
나는 무슨 뜻인지 이렇게 중얼거렸다. 그리고 잇달아 눈을 감고 합장을 올렸다. 나무아미타불, 나무아미타불! 나의 입에서는 나도 모르게 염불이 흘러 나왔다.

아아, 그 고뇌! 그 비원(悲願)! 나의 감은 두 눈에서는 눈물이 번져 나왔다. 나무아미타불, 나무아미타불! 나는 발작과도 같이 곧장 염불을 외었다.

"나도 처음 봤을 때는 가슴이 뭉클했다오. 그 뒤에 여러 번 보고 나니까 차츰 심상해지더군."

청운은 빙긋이 웃으며 나를 위로하듯이 말했다.

그것은 그렇다 하더라도 나에게는 아무래도 석연치 못한 것이 있다.

소신 공양으로 성불을 했다면 부처님이 되었어야 하지 않는가. 부처님이 되었다면 지금까지 모든 불상에서 보아 온 바와 같은 거룩하고 원만하고 평화스러운 상호는 아니라 할지라도 그에 가까운 부처님다움은 있어야 하지 않을까. 거룩하고 부드럽고 평화스러움은 지녔어야 하지 않겠는가. 그러나 금불각의 가부좌상은 어디까지나 인간을 벗어나지 못한 고뇌와 비원이 서린 듯한 얼굴이 아니던가. 그럼에도 불구하고 과거의 어떠한 대각(大覺)보다도 그렇게 영검이 많다는 것은 무슨 까닭인가.

나의 머리 속에서는 잠시도 이러한 의문들이 가셔지지 않았다. 더구나 청운에게서 소신 공양으로 성불했다는 이야기를 들은 뒤부터는 금불이 아닌 새까만 숯덩이가 곧잘 눈에 삼삼거려 배길 수 없었다.

사흘 뒤에 나는 다시 금불을 찾았다. 사흘 전에 받은 충격이 어쩌면 나의 병적인 환상의 소치가 아닐까 하는 마음과, 또 청운의 말대로 '여러 번' 봐서 '심상해' 진다면 나의 가슴에 사무친 '오뇌와 비원'의 촉수(觸手)도 다소 무디어지리라는 생각에서이다.

문이 열리자, 나는 그날 청운이 하던 대로 이내 머리를 수그리며 합장을 올렸다. 입으로는 쉴새 없이 나무아미타불을 부르며, 눈꺼풀과 속눈썹이 바르르 떨리며 나의 눈이 열렸을 때 금불은 사흘 전의 그 모양 그대로 향로를 이고 앉아 있었다. 거룩하고 원만한 것의 상징인 듯한 부처님이 상호와는 너무나 거리가 먼, 우는 듯한, 웃는 듯한, 찡그린 듯한, 오뇌와 비원이 서린 듯한 가부좌상임에는 변함이 없었으나, 그 무어라고 형언할 수 없는 슬픔이랄까 아픔 같은 것이 전날처럼 송두리째 나의 가슴을 움켜잡는 듯한 전율에 휩쓸리지는 않았다. 나의 가슴은 이미 그러한 '슬픔이랄까 아픔 같은 것'으로 메워져 있었고, 또 거기서 '거룩하고 원만한 것의 상징인 부처님의 상호'를 기대하는 마음은 가셔져 있었기 때문인지도 몰랐다.

나는 다시 눈을 감고 합장을 올린 뒤, 바르르 떨리듯한 입술로 오랫동안 아미타불을 부르고 나서 금불각을 나왔다.

그날 저녁 예불을 마치고 청운과 더불어 원혜대사에게 저녁 인사(자리에 들기 전의)를 갔을 때 스님은 나를 보고,

"너 금불을 보고 나서 괴로워하는구나?"

했다.

"……"

나는 고개를 수그린 채 입을 열지 못하고 있었다.

"그럼, 너 금불각에 있는 그 불상의 기록을 봤느냐?"

스님이 또 물으시기에 내가 못 봤다고 했더니, 그러면 기록을 한번 보라고 했다.

이튿날 내가 청운과 더불어 아침 인사를 드릴 때 원혜대사는, 자기가 금불각에 일러 두었으니 가서 기록을 청해서 보고 오라고 했다.

나는 스님께 합장하고 물러나와 곧 금불각으로 올라갔다. 금불각의 노승이 돌함[石函]에서 내어 준 폭이 한 뼘 남짓, 길이가 두 뼘 가량 되는 책자를 받아들었을 때 향기가 코를 찌르는 듯했다(벌레를 막기 위한 향료인 듯). 두터운 표지 위에는 금 글씨로 '만적선사소신성불기(萬寂禪師燒身成佛記)'라 씌어 있고, 책 모서리에도 금물이 먹여져 있었다.

표지를 젖히자 지면은 모두 재빛 바탕(물감을 먹인 듯)이요, 그 위에 사연은 금 글씨로 다음과 같이 씌어져 있었다.

萬寂法名俗名曰耆姓曹氏也金陵出生父未詳母張氏改嫁謝公仇之家仇有一子名曰信前室之所生也年似與耆名十有餘歲一日母給食干二兒秘置以毒信之食耆偶窺之而按是母貪謝家之財爲我故謀害前室之子以如此耆不堪悲懷乃自欲將取信之食母見之驚而失色奪之曰是非汝之食也何取信之食信與耆默而不答數日後信去自家行蹟渺然耆曰信己去家我必携信而然後歸家卽以隱身而爲僧改稱萬寂以此爲法名住於金陵法林院後移淨願寺無風庵修法干海覺禪師寂二十四歲之春曰我生非大覺之材不如供養吾身以報佛恩乃燒

身而供養佛前時忽降雨沛然不犯寂之燒身寂光漸明忽懸圓光以如月輪會衆見之而震感佛恩癒身病衆曰是萩之法力所致競擲私財賽錢多積以賽鍍金寂之燒身拜之爲佛然後奉置干金佛閣時唐中宗十六年聖曆二年三月朔日.

 만적은 법명이요, 속명은 기, 성은 조씨다. 금릉서 났지만 아버지가 어떤 이인지는 잘 모른다. 어머니 장씨는 사구(謝仇)라는 사람에게 개가를 했는데, 사구에게 한 아들이 있어 이름을 신이라 했다. 나이는 기와 같은 또래로 모두가 여남은 살씩 되었었다. 하루는 어미(장씨)가 두 아이에게 밥을 주는데 가만히 독약을 신의 밥에 감추었다. 기가 우연히 이것을 엿보게 되었는데 혼자 생각하기를 이는 어머니가 나를 위하여 사씨 집의 재산을 탐냄으로써 전실자식인 신을 없애려고 하는 짓이라 하였다. 기가 슬픈 맘을 참지 못하여 스스로 신의 밥을 제가 먹으려 할 때 어머니가 보고 크게 놀라 질색을 하며 그것을 뺏고 말하기를, 이것은 너의 밥이 아니다, 어째서 신의 밥을 먹느냐 했다. 신과 기는 아무도 대답하지 않았다. 며칠 뒤 신이 자기 집을 떠나서 자취를 감춰 버렸다. 기가 말하기를 신이 이미 집을 나갔으니 내가 반드시 찾아 데리고 돌아오리라 하고 곧 몸을 감추어 중이 되고 이름을 만적이라 고쳤다. 처음은 금릉에 있는 법림원에 있다가 나중은 정원사 무풍암으로 옮겨서, 거기서 해각선사에게 법을 배웠다. 만적이 스물 네 살 되던 해 봄에, 나는 본래 도(道)를 크게 깨칠 인재가 못 되니 내 몸을 이대로 공양하여 부처님의 은혜에 보답함과 같지 못하다 하고 몸을 태워 부처님 앞에 바치는데, 그 때 마침 비가 쏟아졌으나 만적의 타는 몸을 적시지 못할 뿐 아니라 점점 더 불빛이 환하더니 홀연히 보름달 같은 원광이 비치었다. 모인 사람들이 이것을 보고 크게 불은을 느끼고 모두가 제 몸의 병을 고치니 무리들이 말하기를, 이는 만적의 법력 소치라 하고 다투어 사재를 던져 새전이 쌓여졌다. 새전으로써 만적의 탄 몸에 금을 입히고 절하여 부처님이라 하였다. 그 뒤 금불각에 모시니 때는 당나라 중종 16년 성력(연호) 2년 3월 초하루다.

내가 이 기록을 다 읽고 나서 청정실로 돌아가니 원혜대사가 나를 불렀다.
"기록을 보고 나니 괴롬이 덜하냐?"
스님이 물었다.
"처음같이 무섭지는 않았습니다마는 그 괴롭고 슬픈 빛은 가셔지지 않았습니다."
내가 대답하자, 스님은 고개를 끄덕이며,
"당연한 일이야, 기록이 너무 간략하고 섬소(纖疏)해서……."
했다.
그것이 자기는 그보다 훨씬 많은 것을 알고 있는 듯한 말씨였다.
"그렇지만 1200년도 넘는 옛날 일인데 기록 이외에 다른 일을 어떻게 알겠습니까?"
또 내가 물었다.

이에 대하여 원혜대사는 전해 내려오는 이야기가 있는데 산(절)에서는 그것을 함부로 이야기하지 않는 것으로 알고 있으며, 그러니까 그만치 금불각의 등신불에 대해서는 모두들 그 영검을 두려워하고 있는 셈이라고 정색을 하고 말했다.

원혜대사가 나에게 들려 준 이야기는 다음과 같다. 이것은 물론 1200년간 등신금불에 대하여 절에서 내려오는 이야기를 원혜대사가 정리해서 간단히 한 이야기이다.

……만적이 중이 되기까지의 이야기는 대개 기록과 같다. 그러나 그가 자기 몸을 불살라서 부처님께 공양을 올린 동기에 대해서는 전해 오는 다른 이야기가 몇 있다. 그것을 차례로 쫓아 이야기하면 다음과 같다.

만적이 처음 금룡 법림원에서 중이 되었는데 그때 그를 거두어 준 스님에 취뢰(吹賴)라는 중이 있었다. 그 절의 공양을 맡아 있는 공양주 스님이었다. 만적은 취뢰 스님의 상좌로 있으면서 불법을 배우기 시작했다. 그러니까 취뢰 스님이 그에 대한 일체를 돌보아 준 것이다.

만적이 열 여덟 살 때 — 그러니까 그가 법림원에 들어온 지 5년 뒤 — 취뢰 스님이 열반하시게 되자 만적은 스님(취뢰)의 은공을 갚기 위하여 자기 몸을 불전에 헌신할 결의를 했다.

만적이 그 뜻을 법사(법림원의) 운봉선사(雲峰禪師)에게 아뢰자 운봉선사는 만적의 그릇(器) 됨을 보고 더 수도를 계속하도록 타이르며 사신(捨身)을 허락하지 않았다.

만적이 정원사의 무풍암에 해각선사를 찾았다는 것도 운봉선사의 알선에 의한 것이다. 그가 해각선사 밑에서 지낸 5년간의 수도 생활이란 뼈를 깎고 살을 가는 정진이었으나 법력의 경지는 짐작할 길이 없다.

만적이 23살 나던 해 겨울에 금릉 방면으로 나갔다가 전날의 사신(謝信)을 만났다. 13살 때 자기 어머니의 모해를 피하여 집을 나간 사신이었다. 그리고 자기는 이 사신을 찾아 역시 집을 나왔다가 그를 찾지 못하고 중이 된 채 어느덧 꼭 10년 만에 그를 다시 만난 것이다. 그러나 그때 다시 만난 사신을 보고는 비록 속세의 인연을 끊어 버린 만적으로서도 눈물을 금할 수 없었던 것이다. 착하고 어질던 사신이 어쩌면 하늘의 형벌을 받았단 말인고, 사신은 문둥병이 들어 있었던 것이다.

만적은 자기의 목에 걸었던 염주를 벗겨서 사신의 목에 걸어 주고 그 길로 곧장 정원사에 돌아왔다.

그때부터 만적은 화식(火食)을 끊고 말을 잃었다. 이듬해 봄까지 그가 먹은 것은 하루에 깨 한 접시뿐이었다(그때까지의 목욕 재개는 말할 것도 없다).

이듬해 2월 초하룻날 그는 법사 스님(운봉스님)과 공양주 스님 두 분만을 모시고 취단식(就壇式)을 봉행했다. 먼저 법의를 벗고 알몸이 된 뒤에 가늘고 깨끗한 명주를 발끝에서 어깨까지 (목 위만 남겨 놓고) 전신에 감았다. 그리고는 단위에 올라가 가부좌(跏趺坐)를 개고 앉자 두 손을 모아 합장을 올렸다. 그리하여 그가 염불을 외우기 시작하는 것과 동시에 곁에서 들기름 항아리를 받들고 서 있던 공양주 스님이 그의 어깨에서부터 기름을 들이부었다.

　기름을 다 붓고, 취단식이 끝나자 법사 스님과 공양주 스님은 합장을 올리고 그 곁을 떠났다.

　기름에 절은 만적은 그때부터 한 달 동안(3월 초하루까지) 단 위에서 움직이지 않았다. 가부좌를 갠 채, 합장을 한 채, 숨쉬는 화석이 되어 가고 있었다.

　이레에 한 번씩 공양주 스님이 들기름 항아리를 안고 장막(帳幕; 흰 천으로 장막을 치고 있었다) 안으로 들어오면 어깨에서부터 다시 기름을 부어 주고 돌아가는 일밖에 그 누구도 이 장막 안을 엿보지 못했다.

　이렇게 한 달이 찬 뒤, 이 날의 성스러운 불공에 참여하기 위하여 산중의 스님들은 물론이요, 원근 각처의 선남 선녀들이 모여들어 정원사 법당 앞 넓은 뜰을 메웠다.

　대공양(大供養 ― 燒身供養을 가리킴)은 오시 초에 장막이 걷히면서부터 시작되었다. 500을 헤아리는 승려가 단을 향해 합장을 하고 선 가운데 공양주 스님이 불 담긴 향로를 받들고 단 앞으로 나아가 만적의 머리 위에 얹었다. 그와 동시 그 앞에 합장하고 선 승려들의 입에서 일제히 아미타불이 불려지기 시작했다.

　만적의 머리 위에 화관 같이 씌워진 향로에서는 점점 더 많은 연기가 오르기 시작했다. 이미 오랫동안의 정진으로 말미암아 거의 화석이 되어 가고 있는 만적의 육신이지만, 불기운이 그의

숨골(정수리)을 뚫었을 때는 저절로 몸이 움칠해졌다. 그리하여 그때부터 눈에 보이지 않게 그의 고개와 등 가슴이 조금씩 앞으로 숙여져 갔다.

들기름에 절은 만적의 육신이 연기로 화하여 나가는 시간은 길었다. 그러나 그 앞에 선 500의 대중(승려)은 아무도 쉬지 않고 아미타불을 불렀다.

신시(申時) 말(末)에 갑자기 비가 쏟아졌다. 그러나 웬일인지 단 위에는 비가 내리지 않았다. 만적의 머리 위로는 더 많은 연기가 오르기 시작했다. 염불을 올리던 중들과 그 뒤에서 구경하던 신도들이 신기한 일이라고 눈이 휘둥그래져서 만적을 바라보았을 때 그의 머리 뒤에는 보름달 같은 원광이 씌워져 있었다.

이것을 본 대중들은 대개 신병을 고치고 따라서 이때부터 새전이 쏟아지기 시작하여 그 뒤 3년간이나 그칠 날이 없었다.

이 새전으로 만적의 타다가 굳어진 몸에 금을 씌우고 금불각을 짓고 석대를 쌓았다…….

원혜대사의 이야기를 듣고 있는 동안 나는 맘속으로 이렇게 해서 된 불상이라면 과연 지금의 저 금불각의 등신금불 같이 될 수밖에 없으리란 생각이 들었다. 그리고 많은 부처님(불상) 가운데서 그렇게 인간의 고뇌와 슬픔을 그대로 지닌 부처님(등신불)이 한 분쯤 있는 것도 무방한 일일 듯했다.

그러나 이야기를 다 마치고 난 원혜대사는 이제 다시 나에게 그런 것을 묻지는 않았다.

"자네 바른 손 식지를 물어 보게."
했다.

이것은 지금까지 그가 이야기해 오던 금불각이나 등신불이나 만적의 분신공양과는 아무런 상관도 없는 엉뚱한 이야기가 아닐 수 없다.

나는 달포 전에 남경 교외에서 진기수 씨에게 혈서를 바치느라고 내 입으로 살을 물어 뗀 나의 식지를 쳐들었다.

그러나 원혜대사는 가만히 그것을 바라보고 있을 뿐 더 말이 없다. 왜 그 손가락을 들어 보이라고 했는지, 이 손가락과 만적의 소신공양과 무슨 관계가 있다는 겐지, 이제 그만 손을 내리어도 좋다는 겐지 뒷말이 없는 것이다.

"……."
"……."

태허루에서 정오를 아뢰는 큰 북소리가 목어(木魚)와 함께 으르렁거리며 들려온다.

무녀도

뒤에 물러 누운 어둑어둑한 산, 앞으로 폭이
넓게 흐르는 검은 강물, 산마루로 들판으로
검은 강물 위로 모두 쏟아져 내릴 듯한 파아란
별들, 바야흐로 숨이 고비에 찬,
이슥한 밤중이다.

무녀도

1.

    뒤에 물러 누운 어둑어둑한 산, 앞으로 폭이 넓게 흐르는 검은 강물, 산마루로 들판으로 검은 강물 위로 모두 쏟아져 내릴 듯한 파아란 별들, 바야흐로 숨이 고비에 찬, 이슥한 밤중이다. 강가 모랫벌에 큰 차일을 치고, 차일 속엔 마을 여인들이 자욱이 앉아 무당의 시나위 가락에 취해 있다. 그녀들의 얼굴들은 분명히 슬픈 흥분과 새벽이 가까워 온 듯한 피곤에 젖어 있다. 무당은 바야흐로 청승에 자지러져 뼈도 살도 없는 혼령으로 화한 듯 가벼이 쾌잣자락을 흔들며 돌아간다.
    이 그림이 그려진 것은 아버지가 장가를 들던 해라 하니, 나는 아직 세상에 태어나기도 이전의 일이다. 우리 집은 옛날의 소위

유서 있는 가문으로, 재산과 문벌로도 떨쳤지만, 글 하는 선비란 것도 우글거렸고, 특히 진귀한 서화(書畵)와 골동품으로서는 나라 안에서 손꼽힐 만큼 높이 일컬어졌었다. 그리고 이 서화와 골동품을 즐기는 취미는 아버지에서 아들로, 아들에서 다시 손자로 대대 가산과 함께 물려져 내려오는 가풍이기도 했다.

우리 집 살림이 탁방난 것은 아버지 때였으나, 그 즈음만 해도 아직 옛날과 다름없이 할아버지께서는 사랑에서 나그네를 겪으셨고, 그러자니 시인 묵객(詩人墨客)들이 끊일 새 없이 찾아들곤 하였다. 그 무렵이라 한다. 온종일 흙바람이 불어 뜰 앞엔 살구꽃이 터져 나오는 어느 봄날 어스름 때였다. 색다른 나그네가 대문 앞에 닿았다. 동저고리 바람에 패랭이를 쓰고 그 위에 명주 수건을 잘라맨, 나이 한 쉰 가까이 되어 뵈는, 체수도 조그만 사내가 나귀 고삐를 잡고 서고, 나귀에는 열예닐곱쯤 나 뵈는, 낯빛이 몹시 파리한 소녀 하나가 안장 위에 앉아 있었다. 남자 하인과 그 상전의 따님 같아도 보였다.

그러나 이튿날 그 사내는,

"이 여아는 소인의 여식이옵는데, 그림 솜씨가 놀랍다 하기에 대감의 문전을 찾았삽내다."

소녀는 흰 옷을 입었었고, 옷빛보다 더 새하얀 그녀의 얼굴엔 깊이 모를 슬픔이 서리어 있었다.

"아기의 이름은?"

"……."

"나이는?"

"……."

주인이 소녀에게 말을 건네 보았었으나, 소녀는 굵은 두 눈으로 한 번 그를 바라보았을 뿐 입을 떼려고 하지는 않았다.

아비가 대신 입을 열어,

"여식의 이름은 낭이(浪伊), 나이는 열일곱 살이옵고……."

하더니, 목소리를 더 낮추며,

"여식은 가는귀가 좀 먹었습니다."

했다.

주인도 이번에는 고개를 끄덕였다. 그리고는 사내를 보고, 며칠이든지 묵으며 소녀의 그림 솜씨를 보여 달라고 했다.

그들 아비 딸은 달포 동안이나 머물러 있으며, 그림도 그리고 자기네의 지난 이야기도 자세히 하소연했다고 한다.

할아버지께서는 그들이 떠나는 날에, 이 불행한 아비 딸을 위하여 값진 비단과 충분한 노자를 아끼지 않았으나, 나귀 위에 앉은 가련한 소녀의 얼굴에는 올 때나 조금도 다름없는 처절한 슬픔이 서려 있었을 뿐이라고 한다.

……소녀가 남기고 간 그림 — 이것을 할아버지께서는 '무녀도'라 불렀지만 — 과 함께 내가 할아버지로부터 전해 들은 이야기는 다음과 같다.

2.

경주읍에서 성 밖으로 오 리쯤 나가서 조그만 마을이 있었다. 여민촌 혹은 잡성촌이라 불리는 마을이었다.

이 마을 한 구석에 모화(毛火)라는 무당이 살고 있었다. 모화서 들어온 사람이라 하여 모화라 부르는 것이었다. 그것은 한 머리 찌그러져 가는 묵은 기와집으로, 지붕 위에는 기와버섯이 퍼렇게 뻗어 올라 역한 흙 냄새를 풍기고, 집 주위는 앙상한 돌담이 군데군데 헐리인 채 옛성처럼 꼬불꼬불 에워싸고 있었다. 이 돌담이 에워싼 안의 공지 같이 넓은 마당에는 수채가 막힌 채, 빗물이 괴는 대로 일 년 내 시퍼런 물이끼가 뒤덮여 늘쟁이, 명아주, 강아지풀, 그리고 이름 모를 여러 가지 잡풀들이 사람의 키도 묻힐 만큼 거멓게 엉키어 있었다. 그 아래로 뱀같이 길게 늘어진 지렁이와 두꺼비같이 늙은 개구리들이 구물거리고 움찔거리며, 항시 밤이 들기만 기다릴 뿐으로, 이미 수십 년 혹은 수백 년 전에 벌써 사람의 자취와는 인연이 끊어진 도깨비굴 같기만 했다.
　이 도깨비굴 같이 낡고 헐린 집 속에 무녀 모화와 그 딸 낭이는 살고 있었다. 낭이의 아버지 되는 사람은 경주읍에서 칠십 리 가량 떨어져 있는 동해변 어느 길목에서 해물 가게를 보고 있는데, 풍문에 의하면 그는 낭이를 세상에 없이 끔찍이 생각하는 터이므로, 봄·가을철이면 분 잘 핀 다시마와 조촐한 꼭지미역 같은 것을 가지고 다녀가곤 한다는 것이었다. 나중 욱이(昱伊)가 돌연히 나타나지 않았다면, 이 도깨비굴 속에 그녀들을 찾는 사람이라야 모화에게 굿을 청하러 오는 사람들과 봄 가을에 한 번씩 낭이를 찾아 주는 그녀의 아버지 정도로, 세상 사람들과는 별로 왕래도 없이 살아가는 쓸쓸한 어미, 딸이었던 것이다.

간혹 원근 동네에서 모화에게 굿을 청하러 오는 사람이 있어도 아주 방문 앞까지 들어서며,

"여보게, 모화네 있는가?"

"여보게, 모화네."

하고, 두세 번 부르도록 대답이 없다가, 아주 사람이 없는 모양이라고 툇마루에 손을 짚고 방문을 열려고 하면 그때서야 안에서 방문을 먼저 열고 말없이 내다보는 계집애 하나 — 그녀의 이름이 낭이었다. 그럴 때마다 낭이는 대개 혼자서 그림을 그리고 있다가 놀라 붓을 던지며 얼굴이 파랗게 질린 채 와들와들 떨곤 하는 것이었다.

이와 같이, 모화는 어느 하루를 집구석에서 살림이라고 살고 있는 날이 없었다. 날이 새기가 무섭게 성 안으로 들어가면 언제나 해가 서쪽 산마루에 걸릴 무렵에야 돌아오곤 했다. 술이 얼근해서 수건엔 복숭아를 싸들고 춤을 추며,

"따님아, 따님아, 김씨 따님아,
수국 꽃님 낭이 따님아,
용궁이라 들어가니,
열두 대문이 다 잠겼다.
문 열으소, 문 열으소,
열두 대문 열어 주소."

청승 가락을 뽑으며 동구로 들어오는 것이었다.

"모화네, 오늘도 한 잔 했구나."

마을 사람들이 인사를 하면 모화는 수줍은 듯이 어깨를 비틀

며,

"예에, 장에 갔다가요."

하고, 공손스레 절을 하곤 하였다.

모화는 굿을 할 때 이외에는 대개 주막에 가 있었다.

그만큼 모화는 술을 즐기었고 낭이는 또한 복숭아를 좋아하여 어미가 술이 취해 돌아올 때마다 여름 한 철은 언제나 그녀의 손에 복숭아가 들려 있었다.

"따님 따님, 우리 따님."

모화는 집 안에 들어서면서도 이렇게 가락을 붙여 낭이를 불렀다.

낭이는 어릴 때 나들이에서 돌아오는 어미의 품에 뛰어들어 젖을 빨듯, 어미의 수건에 싸인 복숭아를 받아먹는 것이었다.

모화의 말을 들으면 낭이는 수국 꽃님의 화신(化神)으로, 그녀(모화)가 꿈에 용신(龍神)님을 만나 복숭아 하나를 얻어먹고 꿈꾼 지 이레 만에 낭이를 낳은 것이라 했다. 그녀의 말에 의하면 수국 용신님은 따님이 열두 형제였다. 첫째는 달님이요, 둘째는 물님이요, 셋째는 구름님이요…… 이렇게 열두째는 꽃님이었는데, 산신님의 열두 아드님과 혼인을 시키게 되어 달님은 햇님에게, 물님은 나무님에게, 구름님은 바람님에게, 각각 차례대로 배혼을 정해 나가려니까 막내따님인 꽃님은 본시 연애를 좋아하시는 성미라, 자기 차례가 돌아오기를 미처 기다릴 수 없어, 열한째 형인 열매님의 낭군님이 되실 새님을 가로채어 버렸더니 배필을 잃은 열매님과 나비님은 슬피 울며, 제작기 용신님과 산신

님께 호소한 결과 용신님이 먼저 크게 노하사 벌을 내려 꽃님의
귀를 먹게 하시고, 수국을 추방하시니, 꽃님에서 그만 복사꽃이
되어 봄마다 강가로, 산기슭으로 붉게 피지만 새님이 가지에 와
아무리 재잘거려도 지금까지 귀가 먹은 채 말없는 벙어리가 되
어 있는 것이라 한다.

모화는 주막에서 술을 먹다 말고, 화랑이(박수)들과 어울려서
춤을 추다 말고, 별안간 미친 것처럼 일어나 달아나곤 했다. 물
으면 집에서 따님이 자기를 부르노라고 했다.

그녀는 수국 용신님께서 낭이 따님을 잠깐 자기에게 맡겼으므
로 자기는 그 동안 맡아 있는 것뿐이라 했다.

그러므로 자기가 만약 이 따님을 정성껏 섬기지 않으면 큰어
머님 되시는 용신님의 노염을 살까 두렵노라 하였다.

낭이뿐 아니라, 모화는 보는 사람마다 너는 나무 귀신의 화신
이다, 너는 돌 귀신의 화신이다 하여, 결핏하면 칠성에 가 빌라
는 둥 용왕에 가 빌라는 둥 했다.

모화는 사람을 볼 때마다 늘 수줍은 듯 어깨를 비틀며 절을 했
다. 어린애를 보고도 부들부들 떨며 두려워했다. 때로는 개나 돼
지에게도 아양을 부렸다.

그녀의 눈에는 때때로 모든 것이 귀신으로만 비친다는 것이었
다. 그것은 사람뿐 아니라 돼지, 고양이, 개구리, 지렁이, 고기,
나비, 감나무, 살구나무, 부지깽이, 항아리, 섬돌, 짚신, 대추나뭇
가지, 제비, 구름, 바람, 불, 밥, 연, 바가지, 다래끼, 솥, 숟가락,
호롱불…… 이러한 모든 것이 그녀와 서로 보고, 부르고, 말하

고, 미워하고, 시기하고, 성내고 할 수 있는 이웃 사람같이 보여지곤 했다. 그리하여 그 모든 것을 '님'이라 불렀다.

3.

 욱이가 돌아온 뒤부터 이 도깨비굴 속에는 조금씩 사람 냄새가 나기 시작했다. 부엌에 들어서기를 그렇게 싫어하던 낭이도 욱이를 위하여는 가끔 밥을 짓는 것이었다. 그리고 밤이면 오직 컴컴한 어둠과 별빛만이 차 있던 이 허물어져 가는 기와집 처마 끝에도 희부연 종이 등불이 고요히 걸려지곤 했다.
 욱이는 모화가 아직 모화 마을에 살 때, 귀신이 지피기 전, 어떤 남자와의 사이에서 생긴 사생아였다. 그는 어릴 적부터 무척 총명하여 신동이란 소문까지 났으나, 근본이 워낙 미천하여 마을에서는 순조롭게 공부를 시킬 수가 없어, 그가 아홉 살 되었을 때 아는 사람의 주선으로 어느 절간에 보낸 뒤, 그 동안 한 십 년간 까맣게 소식조차 묘연하다가 얼마 전 표연히 이 집에 나타난 것이었다. 낭이와는 말하자면 어미를 같이하는 오뉘뻘이었다. 낭이가 대여섯 살 되었을 때 그 때만 해도 아직 병으로 귀가 멀기 전이라 '욱이, 욱이' 하고 몹시 그를 따르곤 했었다. 그러던 것이 욱이가 절간으로 떠난 지 얼마 되지 않아 낭이는 자리에 눕게 되어 꼭 삼 년 동안을 시름시름 앓고 나더니, 그 길로 귀가 멀어 버렸던 것이다. 그러나 귀가 어느 정도로 먹은지는 아무도 아는 사람이 없었다. 한두 번 그의 어미를 향해 어눌하나마,
 "우, 욱이 어디 가아서?"

이렇게 물은 적이 있었다.
"절에 공부하러 갔다."
"어어디, 절에?"
"지림사, 큰 절에……."
그러나 이것은 거짓말이었다. 모화 자신도 사실인즉 욱이가 어느 절에 가 있는지 통 모르고 있었고, 다만 모른다고 하기가 싫어서 이렇게 머리에 떠오르는 대로 대답했을 뿐이었다.
모화는 장에서 돌아와 처음 욱이를 보았을 때, 그 푸른 얼굴에 난데없는 공포의 빛이 서리며, 곧 어디로 달아날 것같이 한참 동안 어깨를 뒤틀고 허둥거리다가 말고 별안간 그 후리후리한 키에 긴 두 팔을 벌려, 흡사 무슨 큰 새가 저희 새끼를 품듯 달려들어 욱이를 안았다.
"이게 누고, 이게 누고? 아이고…… 내 아들아, 내 아들아!"
모화는 갑자기 목을 놓고 울었다.
"내 아들아, 내 아들아! 늬가 왔나, 늬가 왔나?"
모화는 앞뒤도 살피지 않고 온 얼굴을 눈물로 씻었다.
"오마니, 오마니."
욱이도 어미의 한 쪽 어깨에 볼을 대고 오래도록 울었다. 어미를 닮아 허리가 날씬하고 목이 가는 이 열아홉 살 난 청년은 그 동안 절간으로 어디로 외롭게 유랑해 다닌 사람 같지도 않게, 품위가 있고 아름다운 얼굴이었다.
낭이도 그 때에야 이 청년이 욱이인 것을 진정으로 깨닫는 모양이었다. 처음 혼자 방에 있는데, 어떤 낯선 청년이 와서 방문

을 열기에 너무도 놀라고 간이 뛰어 말 — 표정으로도 — 한 마디도 못 하고 방구석에 서서 오들오들 떨고만 있었던 것이다. 이제 낭이는 그 어머니가 욱이를 얼싸안고 내 아들아, 내 아들아 하며 우는 것을 보고 어쩌면 저도 눈물이 날 것 같았다.
　낭이는 그 어머니에게도 이렇게 인정이 있다는 것을 보자 형언할 수 없는 즐거움을 깨달았다.
　그러나 욱이는 며칠을 가지 않아 모화와 낭이에게 알 수 없는 이상한 수수께끼와 같은 존재가 되었다.
　그는 음식을 받아 놓고나, 밤에 잠을 자려고 할 때나, 또 아침에 자리에서 일어났을 때 반드시 한참 동안씩 주문(呪文) 같은 것을 외는 것이었다. 그러고는 틈틈이 품속에서 조그만 책 한 권을 꺼내어 읽곤 하는 것이었다. 낭이가 그것을 수상스레 보고 있으려니까 욱이는 그 아름다운 얼굴에 미소를 지으며,
　"너도 이 책을 읽어라."
　하고 그 조그만 책을 낭이 앞에 펴 보이곤 했다. 낭이는 지금까지 〈심청전〉이란 책을 여러 차례 두고 읽어서 국문쯤은 간신히 읽을 수 있었으므로, 욱이가 내놓은 그 조그만 책을 들여다보니, 맨 처음 껍데기에 큰 글자로 〈신약전서〉란, 넉자가 똑똑히 씌어져 있었다. 〈신약전서〉란 생전 처음 보는 이름이다.
　낭이가 알 수 없다는 듯이 욱이를 바라보자, 욱이는 또 만면에 미소를 띠며,
　"너 사람을 누가 만들어낸지 아니?"
　하였다. 그러나 낭이에게는 이 말이 들리지도 않았을 뿐더러,

욱이의 손짓과 얼굴 표정을 통해 대강 짐작할 수 있었다 하더라도 이건 지금까지 생각도 해 보지 못한 어려운 말이었다.
"그럼 너 사람이 죽어서 어떻게 되는 줄은 아니?"
"……."
"이 책에는 그런 것들이 모두 씌어져 있다."
그러고는 손으로 몇 번이나 하늘을 가리켰다. 그리하여 낭이가 알아들은 말이라고는 겨우 한 마디 '하나님' 이었다.
"우리 사람을 만든 것은 하나님이시다. 하나님은 우리 사람뿐 아니라 천지 만물을 다 만들어 내셨다. 우리가 죽어서 돌아가는 곳도 하나님 전이다."
이러한 욱이의 '하나님' 은 며칠 지나지 않아 곧 모화의 의혹과 반발을 불러일으켰다. 욱이가 온 지 사흘째 되던 날, 아침밥을 받아 놓고 그가 기도를 드리려니까, 모화는,
"너 불도에도 그런 법이 있나?"
이렇게 물었다. 모화는 욱이가 그 동안 절간에 가 있다 온 줄만 믿고 있었으므로, 그가 하는 짓은 모두 불도(佛道)에 관한 일인 줄로만 생각하는 모양이었다.
"아니오 오마니, 난 불도가 아닙내다."
"불도가 아니고, 그럼 무슨 도가 있어?"
"오마니, 절간에서 불도가 보기 싫어 달아났댔쇠다."
"불도가 보기 싫다니, 불도야 큰 도지……. 그럼 넌 뭐 신선도 가?"
"아니오 오마니, 난 예수도올시다."

"예수도?"

"북선 지방에서는 예수교라고 합데다. 새로 난 교지요."

"그럼, 너 동학당이로구나!"

"아니오 오마니, 나는 동학당이 아닙네다. 나는 예수도올시다."

"그래. 예수도온가 하는 데서는 밥 먹을 때마다 눈을 감고 주문을 외우나?"

"오마니, 그건 주문이 아니외다. 하나님 전에 기도 드리는 것이외다."

"하나님 전에?"

모화는 눈을 둥그렇게 떴다.

"네, 하나님께서 우리 사람을 내셨으니깐요."

"야아, 너 잡귀가 들렸구나!"

모화의 얼굴빛은 순간 퍼렇게 질리었다. 그리고는 더 묻지 않았다.

다음날, 모화가 그 마을에 객귀 들린 사람이 있어 '물밥'을 내주고 돌아오려니까 욱이가,

"오마니, 어디 갔다 오시나요?"

하고 물었다.

"저 박급창 댁에 객귀를 물려주고 온다."

욱이는 한참 동안 무엇을 생각하는 모양이더니,

"그럼 오마니가 물리면 귀신이 물러나갑데까?"

한다.

"물러나갔기 사람이 살아났지."

모화는 별소리를 다 듣는다는 듯이 대답했다. 그는 지금까지 이 경주 고을 일원을 중심으로 수백 번의 푸닥거리와 굿을 하고 수백 수천 명의 병을 고쳐 왔지만, 아직 한 번도 자기의 하는 굿이나 푸닥거리에 신령님의 감응을 의심한다든가 걱정해 본 적은 없었다. 더구나 누구의 객귀에 물밥을 내 주는 것쯤은 목마른 사람에게 물 한 그릇을 떠 주는 것만큼이나 당연하고 손쉬운 일로만 여겨 왔다. 모화 자신만이 그렇게 생각할 뿐 아니라 굿을 청하는 사람, 객귀가 들린 사람 쪽에서도 그와 같이 믿고 있는 형편이었다. 그들은 무슨 병이 나면 먼저 의원에게 보이려는 생각보다 으레 모화에게 찾아갈 것으로 생각하는 것이었다. 그들의 생각에는 모화의 푸닥거리나 푸념이 의원의 침이나 약보다 훨씬 반응이 빠르고 효험이 확실하고 준비가 손쉬웠던 것이다.

…… 한참 동안 고개를 수그리고 무엇을 생각하고 있던 욱이는, 고개를 들어 그 어머니의 얼굴을 똑바로 바라보며,

"오마니, 그런 것은 하나님께 죄가 됩내다. 오마니 이것 보시오. 마태복음 제 9장 35절이올시다. 저희가 나갈 때에 사귀 들려 벙어리 된 자를 예수께 다려오매, 사귀가 쫓겨나니 벙어리가 말하거늘……"

그러나 이 때 벌써 모화는 자리에서 일어나, 방구석에 언제나 차려 놓은 '신주상' 앞에 가서,

"신령님네, 신령님네, 동서남북 상하 천지,
날것은 날아가고, 길것은 기어가고

머리 검하 초로 인생 실낱 같안 이 목숨이,
신령님네 품이길래 품속에 품았길래,
대로같이 가옵네다, 대로같이 가옵네다.
부정한 손 물리치고, 조촐한 손 받으실새,
터주님이 터 주시고 조왕님이 요 주시고,
성주님이 복 주시고 칠성님이 명 주시고,
미륵님이 돌보셔서 실낱 같안 이 목숨이,
대로같이 가옵내다.
탄탄 대로같이 가옵내다."
 모화의 두 눈은 보석같이 빛나고, 강렬한 발작과도 같이 전신을 떨며 두 손을 비벼댔다. 푸념이 끝나자 신주상 위의 냉수 그릇을 들어 물을 머금더니 욱이의 낯과 온몸에 확 뿜으며,
"엇쇠, 귀신아, 물러서라,
여기는 영주 비루봉 상상봉헤,
깎아 질린 돌 베랑헤, 쉰 길 청수헤,
너희 올 곳이 아니리라.
바른손헤 칼을 들고 왼손헤 불을 들고,
엇쇠, 잡귀신아, 썩 물러서라. 툇툇!"
이렇게 외쳤다.
 욱이는 처음 어리둥절해서 모화의 푸념하는 양을 바라보고 있다가, 이윽고 고개를 수그려 잠깐 기도를 올리고 나서 일어나 잠자코 밖으로 나가 버렸다.
 모화는 욱이가 나간 뒤에도 한참 동안 푸념을 계속하며 방구

석마다 물을 뿜고 주문을 외었다.

4.

 욱이는 그 길로 이 지방의 예수교인들을 찾아보기로 했다. 그 날 곧 돌아올 줄 알았던 욱이는 해가 지고 밤이 깊어도 돌아오지 않았다. 모화와 낭이, 어미 딸은 방구석에 음울하게 웅크리고 앉아 욱이가 돌아오기만 기다리는 것이었다.
 "예수 귀신 책 거 없나?"
 모화는 얼마 뒤에 낭이더러 이렇게 물었다. 낭이는 고개를 저었다. 그러자 갑자기 낭이도 욱이의 그 《신약전서》란 책을 제가 맡아 두지 않았음을 후회했다. 모화는 욱이의 《신약전서》를 '예수 귀신 책'이라 불렀다. 모화는 분명히 욱이가 무슨 몹쓸 잡귀에 들린 것으로만 간주하는 모양이었다. 그것은 마치 욱이가 모화와 낭이를 으레 사귀 들린 사람들로 생각하는 것과도 같았다. 그는 모화뿐만 아니라 낭이까지도 어미의 사귀가 들어가서 벙어리가 된 것이라고 믿는 모양이었다.
 "예수 당시에도 사귀 들려 벙어리 된 자를 예수께서 몇 번이나 고쳐 주시지 않았나."
 욱이는 이렇게 생각하는 것이었다. 그리고 그는 자기의 힘으로 자기가 하나님께 열심히 기도를 드림으로써 그 어미와 누이동생의 병을 고쳐야 한다고 마음속으로 굳게 결심하는 것이었다.
 '예수께서 무리들이 달려와서 모이는 것을 보시고 그 더러운 귀신을 꾸짖어 가라사대 벙어리와 귀머거리 귀신아, 내가 네게 명하노니 그 아이에게서 나오고 다시 들어가지 마라, 하시니 사귀가 소리지르며 아이를 심히 오그러뜨리고 나가니, 그 아이가 죽은 것같이 되매 여러 사람이 말하기를 죽었다 하거늘, 오직 예수 그 손을 잡아 일으키시니 드디어 일어서더라. 집에 들어가시매 제자들이 조용히 묻자와 가라사대 우리는 어찌하여 능히 그 귀신을 쫓아내지 못하였나이까. 예수 가라사대 기도 아니하여서는 이런 따위를 나가게 할 수 없나니라' (마가복음 9장 25절 ~ 29절).

그리하여 욱이는 자기도 하나님께 기도만 간절히 드리면 그 어미와 누이동생에게 들어 있는 사귀도 내어쫓을 수 있으리라 믿었다. 일방, 그는 그가 지금까지 배우고 있던 평양 현 목사와 이 장로에게도 편지를 띄웠다.

'목사님, 저는 하나님의 은혜로 무사히 오마니를 찾아왔삽내다. 그러하오나 이 지방에는 오직 우리 주님의 복음이 전파되지 않아서 사귀 들린 자와 우상 섬기는 자가 매우 많은 것을 볼 때, 하루 바삐 주님의 복음을 이 지방에 전파하도록 교회를 지어야 하겠삽내다. 목사님께 말씀드리기는 매우 부끄러운 일이오나 저의 오마니는 무당 사귀가 들려 있고, 저의 누이동생은 귀머거리와 벙어리 귀신이 들려 있삽내다. 저는 마가복음 제 9장 제 29절에 있는 우리 주님 예수 그리스도의 말씀대로 이 사귀들을 내어쫓기 위하여 열심히 기도를 드립니다마는 교회가 없으므로 기도드릴 장소가 매우 힘드옵내다. 하루 바삐 이 지방에 교회 되기를

하나님께 기도 올려 주소서.'

이 현 목사는 미국 선교사로서, 욱이가 지금까지 먹고 입고 공부를 하게 된 것이 모두 그의 도움이었다. 욱이가 열다섯 살까지 절간에서 중의 상좌 노릇을 하고 있다가, 그 해 여름에 혼자서 서울 구경을 간다고 나선 것이 이리저리 유랑하여 열여섯 되던 해 가을엔 평양까지 가게 되었고, 거기서 그 해 겨울 이 장로의 소개로 현 목사의 도움을 받게 되었던 것이었다.

이번엔 욱이가 평양서 어머니를 보러 간다고 하니까, 현 목사는 욱이를 불러 놓고 이렇게 말했다.

"지금부터 삼 년 동안 이 사람 고국 갈 것이오. 그 때, 만일 욱이가 함께 가기 원하면 이 사람 같이 미국 가게 될 것이오."

"목사님, 고맙습니다. 저는 목사님을 따라 미국 가기가 소원입니다."

"그러면 속히 모친 만나 보고 오시오."

그러나 욱이가 어머니의 집이라고 찾아온 곳은 지금까지 그가 살고 있던 현 목사나 이 장로의 집보다 너무나 딴 세상이었다. 그 명랑한 찬송가 소리와 풍금소리와 성경 읽는 소리와 모여 앉아 기도를 올리고 맛난 음식을 향해 즐겁게 웃음 웃는 얼굴들 대신 군데군데 헐어져 가는 쓸쓸한 돌담과 기와 버섯이 퍼렇게 뻗어 오른 묵은 기와집과 엉킨 잡초 속에 꾸물거리는 개구리, 지렁이들과 그 속에서 무당 귀신과 귀머거리귀신이 각각 들린 어미딸 두 여인을 보았을 때, 그는 흡사 자기 자신이 무서운 도깨비굴에 홀려든 것이 아닌가 하고 새삼 의심이 들 지경이었다.

욱이가 이 지방 예수교인들을 두루 만나 보고 집으로 돌아온 뒤부터 야릇하게 변해진 것은 낭이의 태도였다. 그 호리호리한 몸매와 종잇장같이 희고 매끄러운 얼굴에 빛나는 굵은 두 눈으로 온종일 말 한 마디, 웃음 한 번 웃는 일 없이 방구석에 틀어박혀 앉은 채 욱이의 하는 양만 바라보고 있다가, 밤이 되어 처마 끝에 희부연 종이 등불이 걸리고 하면, 피에 주린 모기들이 미친 듯이 떼를 지어 울고 날아드는 마당 구석에서 낭이는 그 얼음같이 싸늘한 손과 입술로 욱이의 목덜미나 가슴팍으로 뛰어들곤 했다. 욱이는 문득문득 목덜미로 가슴팍으로 낭이의 차디찬 손과 입술을 느낄 적마다 깜짝깜짝 놀라곤 하였으나, 그녀가 까무러칠 듯이 사지를 떨며 다시 뛰어들 제면 그도 당황히 낭이의 손을 쥐어 주며, 그 희부연 종이 등불이 걸려 있는 처마 밑으로 이끌곤 했다.

낭이의 태도가 미묘해진 뒤부터 욱이의 얼굴빛은 날로 창백해 갔다. 그렇게 한 보름 지난 뒤 그는 또 한 번 표연히 집을 나가고 말았다.

모화는 욱이가 집을 나간 지 이틀째 되던 날 밤, 문득 자리에서 일어나 앉으며 긴 한숨을 내쉬었다. 그러고 곁에 누워 있는 낭이를 흔들어 깨우더니 듣기에도 음울한 목소리로,

"욱이가 언제 온다더누?"

물었다. 낭이가 잠자코 있으려니까,

"왜 욱이 저녁 밥상은 보아 두라고 했는데 없노?"

하고 낭이더러 화를 내었다. 모화는 날이 갈수록 점점 더 초조

한 빛으로 밤중마다 부엌에다 들기름 불을 켜고 부뚜막 위에 욱이의 밥상을 차려 놓고는 기도를 드리는 것이었다.

"성주는 우리 성주, 칠성은 우리 칠성, 조왕은 우리 조왕,
비나이다 비나이다 신주님께 비나이다.
하늘에는 별, 바다에는 진주,
금은 같안 이내 장손, 관옥 같안 이내 방성,
산신혜 명을 빌하 삼신혜 수를 빌하,
성주혜 복을 빌하 용신혜 덕을 빌하,
조왕님전 요오를 타고 터주님전 재주 타니
하늘에는 별, 바다에는 진주,
삼신 조왕 마다하고 아니 오지 못하리라.
예수 귀신하, 서역 십만 리 굶주리던 불귀신하,
탄다, 훨훨 불이 탄다. 불귀신이 훨훨 탄다.
타고 나니 이내 방성 관옥같이 앉았다가,
삼신 찾아오는구나, 조왕 찾아오는구나."

모화는 혼자서 손을 비비고 절을 하고 일어나 춤을 추고, 갖은 교태를 다 부리며 완연히 미친 것같이 날뛰었다. 낭이는 방에서 부엌으로 난 봉창 구멍에 눈을 대고 숨소리를 죽인 채 오랫동안 어미의 날뛰는 양을 지켜보고 있다가, 별안간 몸에 오한이 들며 아래턱이 달달달 떨리기 시작하였다. 그는 미친 것처럼 뛰어 일어나며 저고리를 벗었다. 치마를 벗었다. 그리하여 어미는 부엌에서, 딸은 방안에서 한 장단 한 가락에 놀 듯 어우러져 춤을 추었다. 그러한 어느 새벽, 낭이는(정신을 차리고 보니) 발가벗은

알몸뚱이로 방바닥에 쓰러져 있는 그녀 자신을 발견한 일도 있었다.

두 번째 집을 나갔던 욱이는 다시 얼굴에 미소를 지으며 그녀들 어미 딸 앞에 나타났다.

모화는 그 때 마침 굿 나갈 때 신을 새 신발을 신어 보고 있었는데 욱이가 오는 것을 보자, 그 후리후리한 허리에 긴 팔을 벌려 새가 알을 품듯, 그의 상반신을 얼싸안고 울기 시작했다.

이번엔 아무런 푸념도 없이 오랫동안 욱이의 목을 안은 채 잠자코 울기만 하는 것이었다. 언제나 퍼런 그 얼굴에도 이 때만은 붉은 기운이 돌며, 그 의젓한 몸짓은 조금도 귀신들린 사람 같지 않았다.

"오마니, 나 방에 들어가 좀 쉬겠쉬다."

욱이는 어미의 포옹을 끄르고 일어나 방에 들어가 누웠다.

모화는 웬일인지 욱이가 방에 들어간 뒤에도 오랫동안 혼자 툇마루에 걸터앉은 채 고개를 떨어뜨리고 무엇을 골똘히 생각하고 있는 꼴이었다. 긴 한숨과 함께 얼굴을 든 그녀는 무슨 생각으론지 도로 방으로 들어가더니 낭이의 그림을 이것저것 뒤져보는 것이었다.

그 날 밤이었다. 밤중이나 되어 욱이가 잠결에 그의 품속에 언제나 품고 있는 성경책을 더듬어 보았을 때 품속이 허전함을 느꼈다. 그와 동시에 웅얼웅얼하며 주문(呪文)을 외는 소리도 들려왔다. 자리에서 일어나 보았으나 품속에서 성경을 찾을 수는 없었다. 그리고 낭이와 욱이 사이에 누워 있을 그의 어머니는 보이지 않았다. 그는 어떤 불길하고 무서운 느낌에 몸이 부르르 떨리고 있었다. 바로 그때였다. 그의 귀에는 땅속에서 귀신이 우는 듯한, 웅얼웅얼하는 주문을 외는 듯한 소리가 좀더 또렷이 들려왔다. 순간, 그는 거의 무의식적으로 방에서 부엌으로 난 봉창 구멍에 눈을 갖다 대었다.

"서역 십만리 굶주리던 불귀신하,
한쪽 손에 불을 들고, 한쪽 손에 칼을 들고,
이리 가니 산신님이 예 기신다.
저리 가니 용신님이 예 기신다.
칠성이라 돌아가니 칠성님이 예 기신다.
구름 속에 쌔어 간다, 바람결에 묻혀 간다.
구름님이 예 기신다. 바람님이 제 기신다.
용궁이라 당도하니 열두 대문 잠겨 있다.
첫째 대문 두드리니 사천왕 뛰어나와
종발눈 부릅뜨고, 주석 철퇴 높이 든다.
둘째 대문 두드리니 불개 두 쌍 뛰어나와,
꽃불은 수놈이 낼룽, 불씨는 암놈이 낼룽,
셋째 대문 두드리니 물개 두 쌍 뛰어나와,
수놈이 멍멍 꽃불이 죽고,
암놈이 멩멩 불씨가 죽고……."

모화는 소복 단장에 쾌자까지 두르고 온갖 몸짓, 갖은 교태를 다 부려 가며 손을 비비다, 절을 하다, 덩싯거리며 춤을 추다 하고 있다. 부뚜막 위에는 깨끗한 접시불(들기름)이 켜져 있고, 접

시불 아래 차려진 소반 위에는 냉수 한 그릇과 흰 소금 한 접시가 놓여 있을 따름이다. 그리고 그 곁에는 지금 막 그 마지막 불꽃이 나불거리고 난 새빨간 불에서 파란 연기 한 오리가 오르는 《신약전서》의 두꺼운 표지는 한머리 이미 파리한 재가 되어 가고 있었다.

모화는 무엇에 도전이나 하는 것처럼 입가에 야릇한 냉소 까지 띠며, 소반에 얹힌 접시의 소금을 집어 인제 연기마저 사라진 새까만 재 위에 뿌렸다.

"서역 십만 리 예수 귀신이 돌아간다.
당산에 가 노자 얻고, 관묘에 가 신발 신고,
두 귀에 방울 달고 방울소리 발 맞추어
재 넘고 개 건너 잘도 간다.
인제 가면 언제 볼꼬, 발이 아파 못 오겠다.
춘삼월에 다시 오랴, 배가 고파 못 오겠다……."

모화의 음성은 마주(魔酒) 같은 향기를 풍기며 온 피부에 스며들었다. 그 보석 같은 두 눈의 교태와 쾌잣자락과 함께 나부끼는 손짓은, 이제 차마 더 엿볼 수 없게 욱이의 심장을 쥐어짜는 것이었다. 욱이는 가위 눌린 사람처럼 간신히 긴 숨을 내쉬며 뛰어 일어났다. 다음 순간, 자기 자신도 모르게 방문을 뛰어나온 그는 부엌문을 박차고 들어가 소반 위에 차려 놓은 냉수 그릇을 집어 들려 하였다. 그러나 그가 냉수 그릇을 집어들기 전에 모화의 손에는 식칼이 번득이고 있었고, 모화는 욱이와 물그릇 사이에 식칼을 두르며 조용히 춤을 추는 것이었다.

"엇쇠 귀신하, 물러서라.
너 이제 보아 하니 서역 십만 리 굶주리던 잡귀신하,
여기는 영주 비루봉 상상봉혜
깎아질린 돌 벼랑혜, 쉰 길 청수혜, 엄나무 발에
너희 올 곳이 아니다.
바른손혜 칼을 들고 왼손혜 불을 들고,
엇쇠 서역 잡귀신하, 썩 물러가라."
이 때, 모화는 분명히 식칼로 욱이의 면상을 겨누어 치려 하였다. 순간, 욱이는 모화의 칼날을 왼쪽 귓전에 느끼며 그의 겨드랑이 밑을 돌아 소반 위에 차려 놓은 냉수 그릇을 들어서 모화의 낯에다 그릇째 끼얹었다. 이 서슬에 접시의 불이 기울어져 봉창에 붙었다. 욱이는 봉창에서 방안으로 붙어 들어가는 불길을 잡으려고 부뚜막 위로 뛰어올랐다.

그러자 물그릇을 뒤집어쓰고 분노에 타는 모화는 욱이의 뒤를 쫓아 칼을 두르며 부뚜막으로 뛰어올랐다. 봉창에서 방안으로 붙어 들어가는 불길을 덮쳐 끄는 순간, 뒷등허리가 찌르르하여 획 몸을 돌이키려 할 때 이미 피투성이가 된 그의 몸은 허옇게 이를 악물고 웃음 웃는 모화의 품속에 안겨져 있었다.

5.

욱이의 몸은 머리와 목덜미와 등허리에 세 군데 상처를 입었다. 그러나 욱이의 병은 이 세 군데 칼로 맞은 상처만이 아니었다. 그는 날이 갈수록 갈비뼈가 앙상하게 드러나고 두 눈자위가 패어들기 시작했다.

　모화는 욱이의 병 간호에 남은 힘을 다하여 그가 원하는 것이 있으면 낮과 밤을 헤아리지 않고 뛰어갔다. 가끔 욱이를 일으켜 앉히어서 자기의 품에 안아도 주었다. 물론, 약도 쓰고 굿도 하고 주문도 외웠다. 그러나 욱이의 병은 낫지 않았다.

　모화는 욱이의 병 간호에 열중한 뒤부터 굿에는 그만큼 신명이 풀린 듯하였다. 누가 굿을 청하러 와도 아들의 병을 핑계로 대개 거절을 했다. 그러자 모화의 굿이나 푸닥거리의 영검이 이전과 같이 신령하지 않다고들 하는 사람이 하나둘씩 생기기도 했다.

　이러할 즈음, 이 고을에도 조그만 교회당이 서고 선교사가 들어왔다. 그리하여 그것은 바람에 불처럼 온 고을에 뻗쳤다. 읍내의 교회에서는 마을마다 전도대를 내보냈다. 그리하여 이 모화의 마을에까지 '복음'이 전파되었다.

　"여러 부모 형제 자매, 우리 서로 보게 된 것 하나님 앞에 감사드릴 것이오. 하나님, 우리 만들었소. 매우 사랑했소. 우리 모두 죄인이올시다. 우리 마음속 매우 흉악한 것뿐이오. 그러나 예수 우리 위해 십자가에 못 박혔소. 그러므로 예수 그리스도 믿음으로 우리 구원받을 것이오. 우리 매우 반가운 맘으로 찬송할 것이오. 하나님 앞에 기도드릴 것이오."

　두 눈이 파랗고 콧대가 칼날 같은 미국 선교사를 보는 것은 '원숭이 구경'보다도 재미나다고들 하였다.

　"돈은 한 푼도 안 받는다. 가자."

마을 사람들은 떼를 지어 몰려들었다.

이 마을 방 영감네 이종 사촌 손자 사위요, 이번에 선교사와 함께 온 양조사(楊助事)와 부인은 집집마다 심방하여 가로되,

"무당과 판수를 믿는 것은 거룩거룩하시고 절대적 하나밖에 없는 우리 하나님 아버지께 죄가 됩니다. 무당이 무슨 능력이 있습니까. 보십시오, 무당은 썩어 빠진 고목나무나, 듣도 보도 못하는 돌미륵한테도 빌고 절을 하지 않습니까? 판수가 무슨 능력이 있습니까? 보십시오, 제 앞도 못 보아 지팽이로 더듬거리는 그가 어떻게 눈 밝은 사람을 구원할 수 있겠습니까? 우리 인생을 만든 것은 절대적 하나밖에 없는 하나님 아버지올시다. 그러므로 아버지께서 말씀하셨습니다. 내 앞에 다른 신을 두지 말라……."

이리하여 하나님 아버지의 외아들 예수 그리스도가 온갖 사귀들린 사람, 문둥병 든 사람, 앉은뱅이, 벙어리, 귀머거리를 고친 이야기가 한정없이 쏟아진다.

모화는 픽 웃곤 했다.

"그까짓 잡귀신들."

그러나 그들의 비방과 저주는 뼛골에 사무치는 듯 그녀는 징을 울리고 꽹과리를 치며 외쳤다.

"엇쇠 귀신아, 물러서라.

당대 고축년에 얻어먹던 잡귀신아,

늬 어이 모화를 모르느냐.

아니 가고 봐 하면 쉰 길 청수에,

엄나무 발에, 무쇠 가마에, 백말 가죽에,
늬 자자손손을 가두어 못 얻어 먹게 하고
다시는 세상 밖에 내주지 아니하여 햇빛도 못 보게 할란다.
엇쇠 귀신아, 썩 물러가거라.
서역 십만 리로 꽁무니에 불을 달고,
두 귀에 방울 달고 왈강달강 왈강달강,
벼락같이 떠나거라."

그러나 '예수귀신' 들은 결코 물러나지 않았을 뿐 아니라, 점점 늘어만 갔다. 게다가, 옛날 모화에게 굿과 푸념을 빌러 다니던 사람들까지 하나둘씩 모두 예수귀신이 들기 시작하였다.

이러는 중에 서울서 또 부흥 목사가 내려왔다. 그는 기도를 드려서 병을 고치는 능력이 있다 하여 온 고을 사람들이 모여들기 시작하였다. 그가 병자의 머리 위에 손을 얹고,

"이 죄인은 저의 죄로 말미암아 심히 괴로워하고 있사옵니다."

하고 기도를 올리면, 여자들의 월수병 대하증쯤은 대개 '죄씻음' 을 받을 수 있었고, 그 밖에도 소경이 눈을 뜨고 앉은뱅이가 걷고, 귀머거리가 듣고, 벙어리가 말하고, 반신 불수와 지랄병까지 저희 믿음 여하에 따라 모두 '죄씻음' 을 받을 수 있다는 것이었다. 여자들의 은가락지, 금반지가 나날이 수를 다투어 강단 위에 내걸리게 된다, 기부금이 쏟아진다.

이리 되면, 모화의 굿 구경에 견줄 나위가 아니라고 하였다.

"양국놈들이 요술단을 꾸며 왔어."

모화는 픽 웃고 이렇게 말했다. 굿과 푸념으로 사람 속에 든 사귀 잡귀신을 쫓는 것은 지금까지 신령님께서 자기에게만 허락하신 자기의 특수한 권능이었다. 그리고 그의 신령님은 오늘날 예수꾼들이 그렇게도 미워하고 시기하는 고목이기도 했고, 미륵돌이기도 했고, 산이기도 했고, 물이기도 했다.

"무당과 판수를 믿는 것은 절대적 한 분밖에 안 계시는 거룩거룩하신 하나님 아버지께 죄가 됩니다."

예수 귀신들이 나발을 불고 북을 치며 비방을 하면, 모화는 혼자서 징을 울리고 꽹과리를 치며,

"꽁무니에 불을 달고, 두 귀에 방울 달고, 왈강달강 왈강달강, 서역 십만 리로 물러서라, 잡귀신아."

이렇게 응수하곤 했다.

6.

욱이의 병은 그 해 가을 지나 겨울철에 들면서부터 표나게 악화되어 갔다. 모화가 가끔 간장이 녹듯 떨리는 음성으로,

"이것아 이것아, 늬가 이게 웬일이고? 머나먼 길을 에미라고 찾아와서 늬가 이게 무슨 꼴고?"

손을 잡고 눈물 흘리면,

"오마니, 너무 걱정하지 마시오. 나는 죽어서 우리 아버지께로 갈 것이오."

욱이는 조용히 이렇게 말했다. 그리고 무어 생각나는 게 없느냐고 물으면 그는 조용히 고개를 돌렸다. 그러나 어미가 밖에 나

가고 낭이가 혼자 있을 때엔 이따금 낭이의 손을 잡고,
"나 성경 한 권만 가졌으면……."
하는 것이었다.
이듬해 봄, 그가 세상을 떠나기 사흘 전에 그가 그렇게도 그리워하고 기다리던 현 목사가 평양에서 찾아왔다. 현 목사는 박 영감네 이종 사촌 손자 사위인 양 조사의 인도로 뜰안에 들어서자, 그 황폐한 광경과 역한 흙냄새에 미간을 찌푸리며,
"이런 가운데서 욱이가 살고 있소?"
양 조사에게 이렇게 물었다.
욱이는 현 목사가 들어오는 것을 보자 두 눈에 광채를 띠며,
"목사님, 목사님."
이렇게 두 번 불렀다.
현 목사는 잠자코 욱이의 여윈 손을 쥐었다. 별안간 그의 온 얼굴은 물든 것처럼 붉어지며 무수한 주름살이 미간과 눈꼬리에 잡혔다. 그는 솟아오르는 감정을 누르려는 듯이 한참 동안 눈을 감고 있었다.
양 조사는 긴장된 침묵을 깨뜨리려는 듯이 입을 열었다.
"경주에 교회가 이렇게 속히 서게 된 것은 이 분의 공로올시다."
그리하여 그의 말을 들으면, 욱이는 평양 현 목사에게 진정을 했고, 현 목사께서는 욱이의 편지에 의하여 대구 노회에 간청을 했고, 일반 경주 교인들은 욱이의 힘으로 서로 합심하여 대구 노회와 연락한 결과, 의외로 속히 교회 공사가 진척되었던 것이라

하였다.

현 목사가 의사와 함께 다시 오기를 약속하고 일어나려 할 때, 욱이는,

"목사님, 나 성경 한 권만 사 주시오."

했다.

"그럼, 그 동안 우선 이것을 가지시오."

현 목사는 손가방 속에서 자기의 성경책을 내 주었다. 성경책을 받아 쥔 욱이는 그것을 가슴에 안고 눈을 감았다. 그의 감은 눈에서는 이슬 방울이 맺히었다.

7.

모화 집 마당에는 예년과 다름없이 잡풀이 엉기고 늙은 개구리와 지렁이들이 그 속에 웅크리고 있었다. 그녀는 그 동안 거의 굿을 나가지 않고, 매일 그 찌그러져 가는 묵은 기와집, 잡초 속에서 혼자서 징, 꽹과리만 울리고 있었다. 사람들은 모화가 인제 아주 미친 것이라 하였다.

모화는 부엌에다 오색 헝겊을 걸고, 낭이의 그림으로 기를 만들어 달고는, 사뭇 먹기조차 잊어버린 채 입술은 먹같이 검어지고 두 눈엔 날로 이상한 광채가 짙어갔다.

"서역 십만 리 예수 귀신 돌아간다.

꽁무니에 불을 달고, 두 귀에 방울 달고 왈강달강 왈강달강,

엇쇠 귀신아 썩 물러가거라.

늬 아니 가고 봐 하면, 쉰 길 청수혜, 엄나무 바알에, 무쇠 가마

에, 흰말 가죽에, 너 이 자자손손을 다 가두어 죽일란다. 엇쇠! 귀신아!"

그녀는 날마다 같은 푸념으로 징, 꽹과리를 울렸다. 혹 술잔이나 가지고 이웃사람이 찾아가,

"모화네, 아들 죽고 섭섭해서 어쩌나?"

하면 그녀는 다만,

"우리 아들은 예수 귀신이 잡아갔소."

하고 한숨을 내쉬곤 했다.

"아까운 모화 굿을 언제 또 볼꼬?"

사람들은 모화를 아주 실신한 사람으로 치고 이렇게 아까워하곤 했다. 이러할 즈음에 모화의 마지막 굿이 열린다는 소문이 났다. 읍내 어느 부잣집 며느리가 '예기소'에 몸을 던진 것이었다. 그래 모화는 비단 옷 두 벌을 받고 특별히 굿을 응낙했다는 말도 났다. 그리고 이와 동시에 모화가 이번 굿에서 딸 낭이의 입을 열게 할 계획이라는 소문도 났다.

"흥, 예수 귀신이 진짠가 신령님이 진짠가 두고 보지."

이렇게 장담했다는 것이다.

사람들은 기대와 호기심에 들끓었다. 그들은 놀랍고 아쉬운 마음으로 산을 넘고 물을 건너 모여 들었다.

굿이 열린 백사장 서북쪽으로는 검푸른 소 물이 깊은 비밀과 원한을 품은 채 조용히 굽이 돌아 흘러내리고 있었다. (명주구리 하나 들어간다는 이 깊은 소에는 해마다 사람이 하나씩 빠져 죽기 마련이라는 전설이 있다.)

백사장 위에는 수많은 엿장수, 떡장수, 술가게, 밥가게들이 포장을 치고, 혹은 거적을 두르고 득실거렸고, 그 한복판 큰 차일 속에서 굿은 벌어져 있었다. 청사, 홍사, 녹사, 백사, 황사의 오색 사초롱이 꽃송이같이 여기저기 차일 아래 달리고 그 초롱불 밑에서 떡시루, 탁주 동이, 돼지 통새미들이 온 시루, 온 동이, 온 마리째 놓인 대감상, 무더기 쌀과 타래 실과 곶감 꼬치, 두부를 놓은 제석상과, 삼색 실과에 백설기와 소채 소탕에 자반, 유과들을 차려 놓은 미륵상과, 열두 가지 산채로 된 산신상과, 열두 가지 해물을 차린 용신상과, 음식이란 음식마다 한 접시씩 놓은 골목상과, 냉수 한 그릇만 놓인 모화상과 이 밖에도 여러 가지 크고 작은 전물상들이 쭉 늘어 놓아져 있었다.
　이 날 밤 모화의 얼굴에는 평소에 볼 수 없던 정숙하고 침착한 빛이 서려 있었다. 어제같이 아들을 잃고 또 새로 들어온 예수교도들로부터 가지각색 비방과 구박을 받아 오던 그녀로서는 의아스러우리만큼 새침하게 가라앉아 있어, 전날 달밤으로 산에 기도를 다닐 적의 얼굴을 연상케 했다. 그녀는 전날과 같이 여러 사람 앞에서 아양을 부리거나 수선을 떨지도 않았다. 그러나 그녀는 그 호화스러운 전물상들을 둘러보고도 만족한 빛 한 번 띠지 않고, 도리어 비웃듯이 입을 비쭉거렸다.
　"더러운 년들, 전물상만 차리면 그만인가."
　입 밖에 내어 놓고 빈정거리기까지 하였다. 그러자 자리에서는 모화가 오늘 밤 새로운 귀신이 지핀다고들 수군거리기 시작했다. 그 가운데 한 여자가 돌연히,

"아, 죽은 김씨 혼신이 덮였군."
하자 다른 여자들도,
"바로 그 김씨가 들렸다. 저 청승맞도록 정숙하고 새침한 얼굴 좀 봐라. 그리고 모화네가 본디 어디 저렇게 이뻤나, 아주 김씨를 덮어 썼구먼."

이렇게들 수군댔다. 이와 동시, 한쪽에서는 오늘 밤 굿으로 어쩌면 정말 낭이가 말을 하게 될 게라는 얘기도 퍼졌고, 또 한쪽에서는 낭이가, 누구 아이인지는 모르지만 배가 불러 있다는 풍설도 돌았다…… 하여간 이 여러 가지 소문들이 오늘 밤 굿으로 해결이 날 것이라고 막연히 그녀들은 믿고 있는 것이었다.

모화는 김씨 부인이 처음 태어났을 때부터 물에 빠져 죽을 때까지의 사연을 한참씩 넋두리하다가는 화랑이들의 젓대, 피리, 해금에 맞추어 춤을 덩실거렸다. 그녀의 음성은 언제보다도 더 구슬펐고, 몸뚱이는 뼈도 살도 없는 율동(律動)으로 화한 듯 너울거렸고 취한 양, 얼이 빠진 양 구경하는 여인들의 숨결은 모화의 쾌잣자락만 따라 오르내렸다. 모화의 쾌잣자락은 모화의 숨결을 따라 나부끼는 듯했고, 모화의 숨결은 한 많은 김씨 부인의 혼령을 받아 청승에 자지러진 채, 비밀을 품고 조용히 굽이 돌아 흐르는 강물(예기소의)과 함께 자리를 옮겨 가는 하늘의 별들을 삼킨 듯했다.

밤중이나 되어서였다.
혼백이 건져지지 않는다는 것이었다. 화랑이들과 작은 무당들이 몇 번이나 초망자(招亡者) 줄에 밥그릇을 달아 물 속에 던져

도 밥그릇 속에 죽은 사람의 머리카락이 들어오지 않는 것으로 보아 김씨가 초혼에 응하질 않는 모양이라 하였다.
 작은 무당 하나가 초조한 낯빛으로 모화의 귀에 입을 바짝 대며,
 "여태 혼백을 못 건져서 어떡해?"
 하였다.
 모화는 조금도 서둘지 않고 오히려 당연하다는 듯이 손수 넋대를 잡고 물가로 나섰다.
 초망자 줄을 잡은 화랑이는 넋대가 가리키는 방향으로 이리저리 초혼 그릇을 물속에 굴렸다.
 "일어나소 일어나소,
 서른세 살 월성 김씨 대주 부인,
 방성으로 태어날 때 칠성에 복을 빌어."
 모화는 넋대로 물을 휘저으며 진정 목이 멘 소리로 혼백을 불렀다.
 "꽃같이 피난 몸이 옥같이 자란 몸이,
 양친 부모도 생존이요, 어린 자식 뉘어 두고,
 검은 물에 뛰어들 제 용신님도 외면이라,
 치마폭이 봉긋 떠서 연화대를 타단 말가,
 삼단머리 흐트러져 물귀신이 되단 말가."
 모화는 넋대를 따라 점점 깊은 물 속으로 들어갔다. 옷이 물에 젖어 한 자락 몸에 휘감기고, 한 자락 물에 떠서 나부꼈다. 검은 물은 그녀의 허리를 잠그고, 가슴을 잠그고, 점점 부풀어 오른

다.

그녀는 차츰 목소리가 멀어지며 넋두리도 허황해지기 시작했다.

"가자시라 가자시라 이수중분 백로주로,
불러 주소 불러 주소 우리 성님 불러 주소,
봄철이라 이 강변에 복숭아 꽃이 피그덜랑,
소복 단장 낭이 따님 이내 소식 물어 주소,
첫 가지에 안부 묻고, 둘째 가……."

할 즈음, 모화의 몸은 그 넋두리와 함께 물 속에 아주 잠겨 버렸다.

처음엔 쾌잣자락이 보이더니 그것마저 잠겨 버리고, 넋대만 물 위에 빙빙 돌다가 흘러내렸다.

열흘쯤 지난 뒤다.

동해변 어느 길목에서 해물 가게를 보고 있다던 체수 조그만 사내가 나귀 한 마리를 몰고 왔을 때, 그 때까지 아직 몸이 완쾌하지 못한 낭이가 퀭한 눈으로 자리에 누워 있었다.

사내는 낭이에게 흰죽을 먹이기 시작했다.

"아버으이."

낭이는 그 아버지를 보자 이렇게 소리를 내어 불렀다. 모화의 마지막 굿이(떠돌던 예언대로) 영검을 나타냈는지 그녀의 말소리는 전에 없이 알아들을 만도 했다.

"여기 타라."

사내는 손으로 나귀를 가리켰다.

"……."

낭이는 잠자코 그 아버지가 시키는 대로 나귀 위에 올라 앉았다.

그네들이 떠난 뒤엔 아무도 그 집을 찾아오는 사람이 없었고, 밤이면 그 무성한 잡풀 속에서 모기들만이 떼를 미쳐 돌았다.

역마

 '화개장터'의 냇물은 길과 함께 흘러서 세 갈래로 나 있었다. 한 줄기는 전라도 구례(求禮) 쪽에서 오고 한 줄기는 경상도 쪽 화개협(花開峽)에서 흘러내려, 여기서 합쳐서, 푸른 산과 검은 고목 그림자를 거꾸로 비추인 채, 호수같이 조용히 돌아, 경상 전라 양도의 경계를 그어 주며, 다시 남으로 흘러내리는 것이, 섬진강(蟾津江) 본류(本流)였다.

역마

'화개장터'의 냇물은 길과 함께 흘러서 세 갈래로 나 있었다. 한 줄기는 전라도 구례(求禮) 쪽에서 오고 한 줄기는 경상도 쪽 화개협(花開峽)에서 흘러내려, 여기서 합쳐서 푸른 산과 검은 고목 그림자를 거꾸로 비추인 채, 호수같이 조용히 돌아, 경상 전라 양도의 경계를 그어 주며, 다시 남으로 흘러내리는 것이 섬진강(蟾津江) 본류(本流)였다.

하동(河東), 구례, 쌍계사(雙磎寺)의 세 갈래 길목이라 오고 가는 나그네로 하여, '화개장터'엔 장날이 아니라도 언제나 흥성거리는 날이 많았다. 지리산(智異山) 들어가는 길이 고개로 허다하지만, 쌍계사 세이암(洗耳岩)의 화개협 시오 리를 끼고 앉은 '화개장터'의 이름이 높았다. 경상 전라 양도 접경이 한두 군데

일 리 없지만 또한 이 '화개장터'를 두고 일렀다. 장날이면 지리산 화전민(火田民)들의 더덕, 도라지, 두릅, 고사리들이 화갯골에서 내려오고 전라도 황아 장수들의 실, 바늘, 면경, 가위, 허리끈, 주머니끈, 족집게, 골백분 들이 또한 구렛길에서 넘어오고 하동길에서는 섬진강 하류의 해물 장수들이 김, 미역, 청각, 명태, 자반조기, 자반고등어들이 올라오곤 하여 산협(山峽)치고는 꽤 은성한 장이 서는 것이기도 했으나, 그러나 '화개장터'의 이름은 장으로 하여서만 있는 것이 아니었다.

장이 서지 않는 날일지라도 인근(隣近) 고을 사람들에게 그곳이 그렇게 언제나 그리운 것은, 장터 위에서 화갯골로 뻗쳐 앉은 주막마다 유달리 맑고 시원한 막걸리와 펄펄 살아 뛰는 물고기의 회를 먹을 수 있기 때문인지도 몰랐다. 주막 앞에 늘어선 능수버들 가지 사이사이로 사철 흘러나오는 그 한(恨) 많고 멋들어진 춘향가 판소리, 육자배기들이 있기 때문인지도 몰랐다. 게다가 가끔 전라도 지방에서 꾸며 나오는 남사당, 여사당, 협률(協律) 창극 광대들이 마지막 연습 겸 첫 공연으로 여기서 으레 재주와 신명을 떨고서야 경상도로 넘어간다는 한갓 관습과 전례(傳例)가 '화개장터'의 이름을 더욱 높이고 그립게 하는 것인지도 몰랐다.

그 가운데도 옥화(玉花)네 주막은 술맛이 유달리 좋고, 값이 싸고, 안주인 — 옥화 — 의 인심이 후하다 하여 '화개장터'에서는 가장 이름이 들난 주막이었다, 얼마 전에 그 어머니가 죽고 총각 아들 하나와 단두 식구만으로 안주인 옥화가 돌아올 길 망

연한 남편을 기다리며 살아간다는 것이라 하여 그들은 더욱 호의와 동정을 기울이는 것인지도 몰랐다.

혹 노자가 딸린다거나 행장이 불비할 때 그들은 으레 옥화네 주막을 찾았다.

"나 이번에 경상도서 돌아올 때 함께 회계하지라오."

그들은 예사로 이렇게들 말하곤 하였다.

늘어진 버드가지가 강물에 씻기우고, 저녁놀에 은어가 번득이고 하는 여름철 석양 무렵이었다.

나이 예순도 훨씬 더 넘어 뵈는 늙은 체장수 하나가, 쳇바퀴와 바닥감들을 어깨에 걸머진 채 손에는 지팡이와 부채를 들고 옥화네 주막을 찾아왔다. 바로 그 뒤에는 나이 열대여섯 살쯤 나뵈는 몸매가 호리호리한 소녀 하나가 조그만 보따리를 옆에 끼고 서 있었다. 그들은 무척 피곤해 보였다.

"저 큰애기까지 두 분입니까?"

옥화는 노인보다 '큰애기'의 얼굴을 바라보며 이렇게 물었다. 노인은 조용히 고개를 끄덕였다.

그날 밤 저녁상을 물린 뒤 노인은 옥화에게 인사를 청했다. 살기는 구례에 사는데 이번엔 경상도 쪽으로 벌이를 떠나온 길이라 하였다. 본시 여수(麗水)가 고향인데 젊어서 친구를 따라 한때 구례에 와서도 살다가, 그 뒤 목포로 광주로 전전하였고, 나중 진도(珍島)로 건너가 거기서 열일여덟 해 사는 동안 그만 머리털까지 세어져서는, 그래 몇 해 전부터 도로 구례에 돌아와 사는 것이라 하였다. 그렇지만 저런 큰 애기를 데리고 어떻게 다니느냐고 옥화가 묻는 말에 그렇잖아도 이번에는 죽을 때까지 아무 데도 떠나지 않으려고 했던 것인데 떠나지 않고는 두 식구가 가만히 굶을 판이라 하는 수 없었던 것이라 했다.

"그럼, 저 큰 애기는 하라부지 딸입니까?"

옥화는 '남폿불' 그림자가 반쯤 비낀 바람벽 구석에 붙어 앉아 가끔 그 환한 두 눈으로 이쪽을 바라보곤 하는 소녀의 동그스름한 어깨를 바라보며 이렇게 물었다.

노인은 또 고개를 끄덕였다. 그리 평생 객지로만 돌아다니고 나니 이제 고향 삼아 돌아온 곳(求禮)이래야 또한 객지라 그네 아비 딸이 어디다 힘을 입고 살아가야 할는지 아무 데도 의탁할 곳이 없다고 그네의 외로운 신세를 호소도 했다.

"나도 젊었을 때는 노는 것을 좋아했지라오. 동무들과 광대도 꾸며 갖고 댕겨 봤는듸 젊어서 한 번 바람 들어 놓게 평생 못 잡게 마련이랑게…… 그것이 스물네 살 때 정초닝게 꼭 서른여섯 해 전일 것이여, 바로 이 장터에서도 하룻밤 논 일이 있었지라오."

노인은 조용히 추억의 실마리를 더듬는 듯 방안을 두리번거리며 살펴보곤 하는 것이었다.

"어이유! 참 오래 전일세!"

옥화는 사뭇 놀라운 시늉이었다.

이튿날은 비가 왔다.

화개장날만 책전을 펴는 성기(成騏)는 내일 장 볼 준비도 할 겸 하루를 앞두고 절에서 마을로 내려오고 있었다.

쌍계사에서 화개장터까지는 시오 리가 좋은 길이라 해도, 굽이굽이 벌어진 물과 돌과 산협의 장려한 풍경이 언제 보나 그에게 길 멀미를 내지 않게 하였다.

처음엔 글을 배우러 간다고 할머니에게 손목을 끌리다시피 하여 간 곳이 절이었고, 그 다음엔 손윗동무들의 사랑에 끌려다니다시피쯤 하여 왔지만 이즘 와서는 매일같이 듣는 북소리, 목탁소리, 그리고 그 경을 치게 희맑은 은행나무, 염주나무[菩提樹], 이런 것까지 모두 싫증이 났다.

당초부터 어디로 훨훨 가 보고 싶던 것이 소망이었지만, 그러나 어디로 간다는 건 말만 들어도 당장에 두 눈이 시뻘개져서 역정을 내는 어머니였다.

"서방이 있나, 일가친척이 있나, 너 하나만 믿고 사는 이내의 팔자에 너조차 밤낮 어디로 간다고만 하니 난 누굴 믿고 사냐?"

어머니의 넋두리는 인제 귀에 못이 박힐 정도였다.

이러한 어머니보다 차라리 열 살 때부터 절에 보내어 중질을 시켰으니, 인제 역마살(驛馬煞)도 거진 다 풀려 갈 것이라고 은근히 마음을 느꾸시는 편이던 할머니는, 그러나 갑자기 세상을 떠나 버렸다. 당사주라면 다시는 더 사족을 못 쓰던 할머니는, 성기가 세 살 났을 때 보인 그의 사주에 시천역(時天驛)이 들었다 하여 한때는 얼마나 낙담을 했던 것인지 모른다. 하동 산다는, 그 키가 나지막한 명주 치마저고리를 입은 할머니가 혹시 갑자을축을 잘못 짚지나 않았나 하여 큰절(쌍계사를 가리킴)에 있는 어느 노장에게도 가 물어보고, 지리산 속에서 도를 닦아 나온다던 어떤 키 큰 노인에게도 다시 뵈어 봤지만 시천역엔 조금도 요동이 없었다.

"천성 제 애비 팔자를 따라가려는 게지."

할머니가 어머니를 좀 비꼬아 하는 말이었으나 거기 깊은 원망이 든 것도 아니었다. 그러나 이런 말엔 각별나게 신경을 쓰는 옥화는,

"부모 안 닮는 자식 없단다. 근본은 다 엄마 탓이지."

도리어 어머니에게 오금을 박고 들었다.

"이년아, 에미한테 너무 오금 박지 마라. 남사당을 붙었음, 너를 버리고 내가 그놈을 찾아갔냐, 너더러 찾아 달라 성화를 댔냐?"

그러나 서른여섯 해 전에 꼭 하룻밤 놀다 갔다는 젊은 남사당의 진양조 가락에 반하여 옥화를 배게 된 할머니나, 구름 같이 떠돌아다니는 중과 인연을 맺어 성기를 가지게 된 옥화나 다같이 '화개장터' 주막에 태어났던 그녀들로서는 별로 누구를 원망할 턱도 없는 어미 딸이었다. 성기에게 역마살이 든 것은 어머니가 중 서방을 정한 탓이요, 어머니가 중 서방을 정한 것은 할머니가 당사당에게 반했던 때문이라면 성기의 역마운도 결국은 할머니가 장본이라, 이에 할머니는 성기에게 중질을 시켜서 살을 때우려고도 서둘러 보았던 것이고, 중질에서 못다 푼 살을, 이번에는 옥화가 그에게 책장사라도 시켜서 풀어 보려는 속셈인 것

이었다. 성기로서도 불경(佛經)보다는 암만해도 이야기책에 끌리는 눈치요, 중질보다는 차라리 장사라도 해보고 싶다는 실토이고 하여, 그러나 옥화는 꼭 화개장터만 뵈기로 다짐까지 받은 뒤, 그에게 책전을 내어 주기로 했던 것이었다.

성기가 마루 앞 축대 위에 올라서는 것을 보자 옥화는 놀란 듯이 자리에서 일어나 앉으며,

"더운데 왜 인저사 내려오냐?"

곁에 있던 수건과 부채를 집어 그에게 주었다.

지금까지 옥화에게 이야기책을 읽어 들려주고 있은 듯한 낯선 계집애는, 책 읽던 것을 멈추고 얼굴을 들어 성기를 바라보았다. 갸름한 얼굴에 흰자위 검은자위가 꽃같이 선연한 두 눈이었다. 순간, 성기는 가슴이 찌르르 하며 갑자기 생기 띠어진 눈으로 집 앞에 늘어선 버들가지를 바라보았다.

계집애는 이내 안으로 들어가고, 옥화는 성기의 점심상을 차려 들고 나와서,

"체장수 딸이다."

하였다. 어머니도 즐거운 얼굴이었다.

"체장수라니?"

성기는 밥상을 받은 채, 그러나 얼른 숟가락을 들지도 않고, 그의 어머니의 얼굴을 쳐다보았다.

"구례 산다더라. 이번에 어쩌면 하동으로 해서 진주 쪽으로 나가볼 참이라는데 어제 저녁에 화갯골로 들어갔다."

그리고 저 딸아이는 그 체장수의 무남 독녀인데 영감이 화갯

골 쪽으로 들어갔다 나와서, 하동 쪽으로 나갈 때 데리고 가겠다고, 하도 간청을 하기에 그동안 좀 맡아 있어 주기로 했다면서, 옥화는 성기의 눈치를 살피듯 그의 얼굴을 물끄러미 바라보았다.

"화갯골에서는 며칠이나 있겠다던고?"

"들어가 보고 재미나면 지리산 쪽으로 깊이 들어가 볼 눈치더라."

그리고 나서 옥화는 또,

"그래도 그런 사람의 딸 같이는 안 뵈지?"

하였다. 계연(契姸)이란 이름이었다.

성기는 잠자코 밥숟가락을 들었다. 그러나 밥은 반도 먹지 않고 상을 물려 버렸다.

이튿날 성기가 책전에 있으려니까, 그 체장수 딸이 그의 점심을 이고 왔다. 집에서 장터까지래야 소리 지르면 들릴 만한 거리였지만, 그래도 전날 늘 이고 다니던 '상돌 엄마'가 있을 터인데 벌써 처녀티가 나는 남의 큰 애기더러 이런 사환을 시켜 미안하단 생각이 들었다. 그러나 정작 그녀 쪽에서는 그러한 빛도 없이, 그 꽃송이같이 화안한 두 눈에 웃음까지 담은 채, 그의 앞에 밥함지를 공손스레 놓고는, 떡과 엿과 참외들을 팔고 있는 음식점 쪽으로 곧장 눈을 팔고 있었다.

"상돌 엄만 어디 갔는듸?"

성기는 계연의 그 아리따운 두 눈에서 홍건한 즐거움을 가슴으로 깨달으며, 그러나 고개는 엉뚱한 방향으로 돌린 채 차라리

거칠은 음성으로 이렇게 물었다.

"손님이 마루에 가뜩 찼는듸 상돌 엄마가 혼자서 바뻬 서두닝게 어머니가 지더러 갖고 가라 힛어라오."

그동안 거의 입을 열어 말하는 일이 없었던 계연은, 성기가 묻는 말에 의외로 생경한 전라도 쪽 토음(土音)으로 이렇게 말했다. 그 가냘프고 갸름한 어깨와 목 하며, 어디서 그렇게 힘차고 탄력적인 음성이 울려나오는 것인지 알 수가 없었다. 한 줌이나 될 듯한 가느다란 허리와 호리호리한 몸매에 비하여 발달된 팔다리와 토실토실한 두 손등과 조그맣게 도톰한 입술을 가진 탓인지도 몰랐다.

"계연아, 오빠 세숫물 놔 드려라."

이튿날 아침에도 옥화는 상돌 엄마를 부엌에 둔 채 역시 계연에게 성기의 시중을 들게 하였다. 세숫물을 놓는 일뿐 아니라 숭늉 그릇을 들고 다니는 것이나, 밥상을 차려오는 것이나 수건을 찾아 주는 것이나, 성기에 따른 시중은 모조리 그녀로 하여금 들게 하였다. 그리고,

"아이가 맘이 컴컴치 않고, 인정이 있고, 얄미운 데가 없어."

옥화는 자랑 삼아 이런 말도 하였다

"저의 아버지는 웬일인지 반 억지 비슷하게 거저 곧장 나만 믿겠다고, 아주 양딸처럼 나한테 맡기구 싶은 눈치더라만……."

옥화는 잠깐 말을 끊어서 성기의 낯빛을 살피고 나서, 다시

"그래, 너한테도 말을 들어 봐야겠고 해서 거저 대강 들을 만하고 있었잖냐…… 언제 한번 데리고 가서 칠불(七佛) 구경이나

시켜 줘라."

 하는 것이, 흡사 성기의 동의를 구하는 모양 같기도 하였다. 그리고 나서 옥화는 계연의 말을 옮겨, 구례 있는 저의 집이래야 구례 읍에서 외따로 떨어진 무슨 산기슭 밑에 이웃도 없이 있는 오막살인가 보더라고도 하였다.

 "그럼 살림은 어쩌고 나왔을까?"

 "살림이래야 그까진 거 머 방문에 자물쇠 채워 두었으면 그만 아냐, 허지만 그보다도 나그넷길에 데리고 나선 계연이가 걱정이지."

 이러한 옥화의 말투로 보아서는 체장수 영감이 화갯골에서 나오는 대로 계연을 아주 양딸로 정해 둘 생각인 듯이도 보였다. 다만 성기가 꺼릴까 보아 이것만을 저어하는 눈치 같았다. 지금까지 몇 번이나 옥화는 성기더러 장가를 들라고 권했으나 그는 웅치 않았고, 집에 술 파는 색시를 몇 차례나 두어도 보았지만 색시 쪽에서 간혹 성기에게 말썽을 내인 적은 있어도 성기가 색시에게 그러한 마음을 두는 일은 한번도 있은 적이 없어 이러한 일들로 해서, 이번에도 옥화는 그녀로 하여금 성기의 미움이나 받지 않게 할 양으로, 그녀의 좋은 점만 이야기하는 듯한 눈치 같기도 하였다.

 아랫집 과일 가게에서 성기가 짚신 한 컬레를 사들고 오려니까 옥화는 비죽이 웃는 얼굴로 막걸리 한 사발을 그에게 떠 주며,

"오늘 날씨가 너무 덥잖냐?"

고 하였다. 술 거를 때 누구에게나 맛뵈기 떠 주기를 잘하는 옥화였다. 계연이는 방에서 옷을 갈아입고 있었다.

"계연아, 너도 빨리 나와, 목마를 텐데 미리 좀 마시고 가거라."

옥화는 방을 향해서도 이렇게 소리를 질렀다.

항라 적삼에 가는 삼베 치마를 갈아입고 나오는 계연은 그 선연한 두 눈의 흰자위, 검은자위로 인하여 물에 어린 한 송이 연꽃이 떠오르는 듯하였다.

"꼭 스무 해 전에 내가 입었던 거다."

옥화는 유감(有感)한 듯이 계연의 옷맵시를 살펴 주며 말했다. "어제 꺼내서 품을 좀 줄여 놨더니만 청승스리 맞는구나, 보기보단 품이 여간 많이 입잖는다, 이앤…… 자, 얼른 마셔라, 오빠 있음 무슨 내외할 사이냐?"

그러자 계연은 웃는 얼굴로 술잔을 받아들고 방으로 들어가 마시고 나오는 모양이었다.

성기는 먼저 수양 버드나무 밑에 와서 새 신발에 물을 축이었다. 계연이도 곧 뒤를 따라 나섰다. 어저께 성기가 칠불암(七佛庵)까지 책값 수금 관계로 좀 다녀올 일이 있다고 했더니, 옥화가 그러면 계연이도 며칠 전부터 산나물을 캐러 간다고 벼르는 중이고, 또 칠불암 구경은 어차피 한번 시켜 주어야 할 게고 하니, 이왕이면 좀 데리고 가잖겠느냐고 하였다.

성기는 가슴도 좀 뛰고, 그래서, 나물을 내가 어떻게 아느냐고, 싫다고 했더니 너더러 누가 나물까지 캐라느냐고, 앞에서 길만 끌어주면 되잖느냐고 우기어, 기승한 어머니에게 성기는 더 항변을 못하고 말았던 것이다.

성기는 처음부터 큰길을 버리고, 사람이 잘 다니지 않는, 수풀 속 산길을 돌아가기로 하였다. 원체가 지리산 밑이요, 또 나뭇길도 본디부터 똑똑히 나 있지 않은 곳이라, 어려서부터 자라난 고향이라곤 하지만 울울한 수풀 속에서 성기는 몇번이나 길을 잃은 채 해매곤 하였다.

쳐다보면 위로는 하늘을 찌를 듯한 높은 산봉우리요, 내려다보면 발 아래는 바다같이 뿌우연 수풀뿐, 그 위에 흰 햇살만 물줄기처럼 내리 퍼붓고 있었다. 머루, 다래, 으름은 이제 겨우 파랗게 메아리 쳐 있고, 가지마다 새빨간 복분자(나무딸기), 오디(산뽕나무의 열매)는 오히려 철이 겨운 듯 한머리 까맣게 먹물이 돌았다.

성기는 제 손으로 다듬은 퍼런 아가위나무 가지로 앞에서 칡덩굴을 헤쳐 가며 가고 있는데, 계연은 두릅을 꺾는다, 딸기를 딴다, 하며 자꾸 혼자 처지곤 하였다.

"빨리 오잖고 뭘 하나?"

성기가 걸음을 멈추고 서서 나무라면 계연은 딸기를 따다 말고, 두릅을 꺾다 말고, 그 조그맣고 도톰한 입술을 꼭 다물고는 뛰어오는 것인데, 한참만 가다 보면 또 뒤에 떨어지곤 하였다.

"아이고머니 어쩔꺼나!"

갑자기 뒤에서 계연이가 소리를 질렀다. 돌아다보니 떡갈나무

위에서, 가지에 치맛자락이 걸려 있다. 하필 떡갈나무에는 뭣하러 올라갔을까고 곁에 가 쳐다보니, 계연의 손이 닿을 만한 위치에 그 아래쪽 딸기나무 가지가 넘어와 있다. 딸기나무에는 가시가 있고 또 비탈에서 있어 올라갈 수가 없으니까, 그 딸기나무와 가지가 서로 얽힌 떡갈나무 쪽으로 올라간 모양이었다. 몸을 구부려 손으로 치맛자락을 벗기려면 간신히 잡고 서 있는 윗 가지에서 손을 놓아야 하겠고, 손을 놓았다가는 당장 나무에서 떨어질 형편이다. 나무 아래서 쳐다보니 활짝 걷어 올려진 베치마 속에, 정강마루까지를 채 가르지 못한 짤막한 베고의가 훤한 햇살을 받아 그 안의 뽀오얀 것을 그대로 보여 주고 있었다.

성기는 짚고 있던 생나무 지팡이로 치맛자락을 벗겨 주려 하였으나, 지팡이가 짧아서 그렇겠지만 제 자신도 모르게, 지팡이 끝은 계연의 그 발가스레하고 매초롬한 종아리만을 자꾸 건드리고 있었다.

"아이 싫어! 나무에서 떨어진당게!"

계연은 소리를 질렀다. 게다가 마침 다람쥐란 놈까지 한 마리 다래 넌출 위로 타고 와서, 지금 막 계연이가 잡고 서 있는 떡갈나무 가지 위로 건너뛰려 하고 있다.

"아 곧 떨어진당게! 그 막대로 저 다램이나 때려줬음 쓰것는디."

계연은 배 아래를 거진 햇살에 훤히 드러내인 채 있으면서도 다래 넌출 위에서 이쪽을 건너다보고 그 요망스런 턱주가리를 쫑긋거리고 있는 다람쥐가 더 안타까운 모양으로 또 이렇게 소리를 질렀다.
"요놈의 다램이가……."
성기는 같은 나무 밑둥이에까지 올라가서야 겨우 계연의 치맛자락을 벗겨 주고, 그러고는 막대로 다시 조금 전에 다람쥐가 앉아 있던 다래 넌출도 한번 툭 쳤다. 이 소리에 놀랐는지 산비둘기 몇 마리가 '푸드득' 하고 아랫쪽 머루 넌출 위로 날아갔다.
"샘물이 있어야 쓰겠는듸."
계연은 치맛자락을 걷어 올려 이마의 땀을 씻으며 이렇게 말했다.
모롱이를 돌아 새로운 산줄기를 탈 때마다 연방 더 우악스런 멧부리요, 어두운 수풀을 지나 환하게 열린 하늘을 내다볼 때마다 바다같이 질펀한 골짜기에 차 있느니 머루, 다래 넌출이요, 딸기, 칡의 햇덩굴이다. 산속으로 들어갈수록 여기저기서 난장판으로 뻐꾸기들은 울고, 이따금씩 낄낄거리고 골을 건너 날아가는 꿩 울음소리마저 야지의 가을 벌레 소리를 듣는 듯 신산을 더했다.
해는 거진 하늘 한가운데를 돌아 바야흐로 머리에 불을 끼얹고, 어두운 숲 그늘 속에는 해삼 같은 시꺼먼 달팽이들이 허연 진물을 토한 채 땅에 붙어 늘어졌다.
햇살이 따갑고, 땀이 흐르고, 목이 마를수록 성기들은 자꾸 넌출 속으로만 들짐승들처럼 파묻히었다. 나무 딸기, 덤불 딸기, 산복숭아, 아가위, 오디, 손에 닿는 대로 따서 연방 입에 가져가지만 입에 넣으면 눈 녹듯 녹아질 뿐, 떨적지근한 침을 삼키면 그만이었다. 간혹 이에 걸린다는 것이 아직 익지 않은 산복숭아, 아가위 따위인데, 딸기 녹은 침물로는 그 쓰고 떫은 것마저 사양 없이 넘겨졌다. 처음엔 입술이 먼저 거멓게 열매물이 들었고, 나중엔 온 볼에까지 묻어졌다. 먹을수록 목이마른 딸기를 계연은 그 새파란 산복숭아서껀, 둥그런 칡잎으로 하나 가득 따서 성기에게 주곤 했다. 성기는 두 손바닥 위에다 그것을 받아서는 고개를 수그려 물을 먹듯 입을 대어 먹었다. 먹고 난 칡잎은 아무렇게나 넌출 위로 던져 버린 채 칡넌출이 담뿍 감겨 있는 다래 덩굴 위에 비스듬히 등을 대이고 누웠다.

　계연은 두 번째 또 칡잎의 것을 성기에게 주었다. 성기는 성가신 듯이 그냥 비스듬히 누운 채 그것을 그대로 입에 들이부어 한입 가득 물고는 나머지를 그냥 넌출 위로 던졌다. 그리고 그는 곧 코를 골기 시작하였다.

　세 번째 칡잎에다 딸기알, 머루알을 골라 놓은 계연은 그러나 성기가 어느덧 잠이 들어 있음을 보자 아까 성기가 하듯 하여 이번엔 제가 먹어 치웠다.

　"참 잘도 잔당게."

　계연은 혼잣말로 중얼거리며 자기도 다래 덩굴에 등을 대고 비스듬히 드러누워 보았으나 곧 재채기가 났다. 목이 몹시 말랐다. 배도 고팠다.

　갑자기 뻐꾸기 소리가 무서워졌다.

　"덩굴 속에서 샘물이 없는가?"

　계연은 덩굴을 헤치고 한참 들어가다 문득 모과나무 가지에 이리저리 얽히고 주렁주렁 열린 으름 덩굴을 발견하였다.

"이것이 익어 있음 쓰것는듸."'

계연은 이렇게 중얼거리며 아직도 파아란 오이를 만지듯 딴딴하고 우들우들한 으름을 제일 큰 놈으로만 세 개를 골라 따 쥐었다. 그리하여 한나절 동안 무슨 열매든지 손에 닿는 대로 마구 따 입에 넣곤 하던 버릇으로 부지중 입에 가져가 한 번 덥석 물어 뗴었더니 이내 비릿하고 떫직스레한 풀 같은 것이 입에 하나 가득 끼었다.

"아, 풋내 나!"

계연은 입안의 것을 뱉고 나서 성기 곁으로 갔다. 해는 벌써 점심때도 겨운 듯 갈증과 함께 시장기도 들었다.

"일어나 샘물 찾아 가장게."

계연은 성기의 어깨를 흔들었다.

성기는 눈을 떴다.

계연은 당황하여, 쥐고 있던 새파란 으름 두 개를 성기의 코끝에 내어 밀었다. 성기는 몸을 일으켜 그녀의 그 둥그스름한 어깨와 목덜미를 껴안았다. 그리고는 입술이 포개졌다.

그녀의 조그맣고 도톰한 입술에서는 한나절 먹은 딸기, 오디, 산복숭아, 으름 들의 달짝지근한 풋내와 함께 황토 흙을 찌는 듯한 향긋하고 고수한 고기[肉] 냄새가 느껴졌다.

까악까악 하고 난데없는 까마귀 한 마리가 그들의 머리 위로 울며 날아갔다.

"칠불은 아직 멀지라?"

계연은 다래덩굴에 걸어 두었던 점심을 벗겨 들었다.

화갯골로 들어간 체장수 영감은 보름이 넘도록 돌아오지 않았다. 떠날 때 한 말도 있고 하니 지리산 속으로 아주 들어간 모양이라고 옥화와 계연은 생각하고 있었다.
"산중에서 아주 여름을 내시는갑네."
옥화는 가끔 이런 말도 하였다. 그리고 그들은 끈기 있게 이야기책을 들고 앉곤 하였다. 계연의 약간 구성진 전라도 지방 토음은 날이 갈수록 점점 더 맑고 처량한 노랫조를 띠어 왔다.
그동안 옥화와 계연의 사이에 생긴 새로운 사실이 있다면, 옥화가 계연의 왼쪽 귓바퀴 위에 있는 조그만 사마귀 한 개를 발견한 것쯤이었다.
어느 날 아침, 그녀의 머리를 빗어 땋아 주고 있던 옥화는 갑자기 정신을 잃은 사람처럼 참빗 쥔 손을 부들부들 떨고 있었다.
"어머니 왜 그리여?"
계연이 놀라 물었으나 옥화는 그녀의 두 눈만 멀거니 바라보고 있을 따름 말이 없었다.
"어머니 왜 그러시여."
계연이 또 한번 물었을 때, 옥화는 겨우 정신이 돌아오는 듯, 긴 한숨을 내쉬며,
"아무것도 아니다."
하고, 다시 빗질을 시작하는 것이었다.
계연은 속으로 이상한 생각이 들었으나 아무것도 아니라는 옥

화에게 다시 더 캐어물을 도리도 없었다.
 이튿날 옥화는 악양(岳陽)에 볼일이 좀 있어 다녀오겠노라면서 아침 일찍이 머리를 빗고 떠났다. 성기는 큰방에서 낮잠을 자고 있었다. 소나기가 왔다. 계연이가 밖에서 빨래를 걷어 안고 들어오면서,
 "어쩔거나, 어머니 비 만나시겠는듸!"
 하였다. 그녀의 치맛자락은 바깥의 신선한 비바람을 묻혀다 성기의 자는 낯을 스쳐 주었다. 성기는 눈을 뜨는 결로 손을 뻗쳐 그녀의 치맛자락을 거머잡았다. 그녀는 빨래를 안은 채 고개를 홱 돌이켜 성기의 얼굴을 가만히 바라보았다. 그녀의 두 볼에 바야흐로 조그만 보조개가 패려 할 때, 밖에서 인기척이 났다.
 "어머니 옷 다 젖겠는듸!"
 또 한 번 이렇게 말하며, 계연은 마루로 나갔다. 성기는 어느덧 또 코를 골기 시작하였다.
 성기가 다시 잠이 깨었을 때는, 손님들이 마루에서 막걸리를 마시고 있었다. 계연은 그들의 치다꺼리를 해주고 있는 모양으로 부엌에서,
 "명태랑 풋고추밖엔 안주가 없는듸."
 하고 소리가 났다.
 나중 손님들이 돌아간 뒤, 성기는 그녀더러,
 "어머니 없을 땐 손님 받지 말라고."
 약간 볼멘 소리로 이런 말을 하였다.
 "허지만 오늘 해 넘김, 이 술은 시어질 것인듸, 그냥 두면 어머

니 오셔서 화내시지 않을 것이오?"
 계연은 성기에게 타이르듯이 이렇게 말했다. 조금 뒤 그녀는 다시 웃는 낯으로 성기 곁에 다가서며,
 "오빠, 날 면경 하나만 사 주시오. 똥그란 놈이 꼭 한 개만 있었음 쓰겄는디."
 하였다. 이튿날이 마침 장날이라 성기는 점심을 가지고 온 그녀에게 미리 사 두었던 조그만 면경 하나와 찰떡을 꺼내 주었다.
 "아이고머니!"
 면경과 찰떡을 보자, 계연은 놀란 듯이 소리를 질렀다. 그녀는 그 꽃 같은 두 눈에 웃음을 담뿍 담은 채 몇 번이나 면경을 들여다보곤 하더니, 그것을 품속에 넣고는 성기가 점심을 먹고 있는 곁에 돌아앉아 어느덧 짝짝 소리까지 내며 찰떡을 먹고 있었다.
 성기는 남이 보지 않게 전 앞에 사람 그림자가 얼씬할 때마다 자기의 몸을 이리저리 움직여서 그것을 가리워 주었다. 딴은 떡뿐 아니라 참외고 복숭아고 엿이고 유과고 일체 군것질을 유달리 좋아하는 그녀의 성미인 듯하였다. 집 앞으로 혹 참외 장수나 엿장수가 지나가는 것을 보면 계연은 골무를 깁거나 바늘겨례를 붙이다 말고, 튀어 일어나 그것들이 시야에서 사라질 때까지 멀거니 바라보며 섰곤 하였다.
 한번은 성기가 절에서 내려오려니까, 어머니는 어디 갔는지 눈에 띄지 않고, 그녀만이 마루 끝에 걸터앉은 채 이웃 주막의 놈팡이 하나와 더불어 함께 참외를 먹고 있었다. 성기를 보자 좀 무안스러운 듯이 얼굴을 약간 붉히며 곧 일어나 반가운 표정을

지어 보였다.
"아, 오빠!"
"……."

그러나 성기는 그러한 그녀를 거들떠도 보지 않고 그대로 자기의 방으로만 들어가 버렸다. 계연은 먹던 참외도 마루 끝에 놓은 채 두 눈이 휘둥그래서 성기의 뒤를 따라왔다.

"오빠 왜?"
"……."
"응, 왜 그리여?"
"……."

그러나 성기는 아무런 대꾸도 없었다. 그녀가 두 팔을 성기의 어깨 위에 얹어, 그의 목을 껴안으려 했을 때, 성기는 맹렬히 몸을 뒤틀어 그녀의 팔을 뿌리치고는 돌연히 미친 것처럼 뛰어들어 따귀를 때리기 시작하였다.

처음 그녀는,
"오빠, 오빠!"
하고 찡그린 얼굴로 성기를 쳐다보며 두 손을 내어밀어 그의 매질을 막으려 하였으나, 두 차례 세 차례 철썩철썩하고, 그의 손이 그녀의 얼굴에 와 닿자 방구석에 가 얼굴을 쿡 처박은 채 얼마든지 그의 매질에 몸을 맡기듯이 하고 있었다.

이튿날 장에 점심을 가지고 온 계연은 그 작고 도톰한 입술을 꼭 다문 채 말이 없었으나, 그의 꽃같이 선연한 두 눈엔 어저께의 일에 깊은 적의도 원한도 품어 있지 않는 듯하였다.

그날 밤 그녀가 혼자 강가에 나와 있는 것을 보고, 성기는 그녀의 뒤를 쫓아 나갔다. 하늘엔 별이 파랗게 빛나고 있었으나 나무 그늘은 강가를 칠야같이 뒤덮고 있었다.

"오빠."

계연은 성기가 바로 그녀의 곁에까지 왔을 때 일어나 성기의 턱 앞으로 바싹 다가 들어서며 낮은 목소리로 이렇게 불렀다.

"오빠, 요즘은 어쩌자고 만날 절에만 노 가 있는 것이여?"

그 몹시도 굴곡이 강렬한 전라도 지방 토음이 이렇게 속삭이었다.

그즈음 성기는 장을 보려 오는 날 이외에는 절에서 일체 내려오지를 않았다. 옥화가 악양 명도에게 갔다 소나기에 젖어 돌아온 뒤부터는, 어쩐지 그와 그녀의 사이를 전과 달리 경계하는 듯한 눈치라, 본래 심장이 약하고 남의 미움 받기를 유달리 싫어하는 그는, 그러한 어머니에 대한 노여움도 있고 하여 기어코 절에서 배겨 내려 했던 것이었다.

이날 밤만 해도 계연의 물음에, 성기가 무어라고 대답도 채 하기 전에,

"계연아, 계연아!"

하는, 옥화의 목소리가 또 어느덧 들려오고 있었다. 성기는 콧잔등을 찌푸리며 말을 하려다 말고 입을 다물어 버렸다.

'아, 어머니도 어쩌면 저다지 야속할까?'

성기는 갑자기 목이 뻐듯해졌다.

반딧불이 지나갔다. 계연은 돌 위에 걸터앉아, 손으로 여뀌풀

을 움켜잡으며, 혼잣말같이, 또 무어라 속삭이는 것이었으나 냇물 소리에 가리어 잘 들리지 않았다.

이튿날 아침 일찍이 성기가 방안으로, 부엌으로 누구를 찾으려는 듯 기웃기웃하다가 좀 실망한 듯한 낯으로 그냥 절로 올라가고 말았을 때, 그녀는 역시 이 여뀌풀 있는 냇물가에서 걸레를 빨고 있었던 것이다.

사흘 뒤에 성기가 다시 절에서 내려오니까, 체장수 영감은 마루 위에서 막걸리를 마시고 있고, 계연은 고개를 떨어버린 채 마루 끝에 걸터앉아 있었다. 머리를 감아 빗고 새옷 — 새옷이래야 전날의 그 항라 적삼을 다시 빨아 다린 것 — 을 갈아입고, 조그만 보따리 하나를 곁에 두고, 슬픔에 잠겨 있던 계연은, 성기를 보자 그 꽃같이 선연한 두 눈에 갑자기 기쁨을 띠며 허리를 일으켰다. 그러나 바로 그 다음 순간, 그 노기를 띤 듯한 도톰한 입술은 분명히 그들 사이에 일어난 어떤 절박하고 불행한 사실을 전하고 있었다.

막걸리 사발을 들어 영감에게 권하고 있던 옥화는 성기를 보자,

"계연이가 시방 떠난단다."

대번에 이렇게 말했다.

옥화의 말을 들으면, 영감은 그날, 성기가 절로 올라가던 날 저녁때에 돌아왔더라는 것이었다. 그 이튿날이니까, 즉 어저께, 영감은 그녀를 데리고 떠나려고 하는 것을 하루 더 쉬어 가라고 만류를 해서, 그래 오늘 아침엔 일찍이 떠난다고 이렇게 막

행장을 차려서 나서는 길이라 하였다.

그러나 이것은 실상 모두 나중 다시 들어서 알게 된 것이었고, 처음은 그저 쇠뭉치로 돌연히 머리를 얻어맞은 것같이 골치가 떵하며, 전신의 피가 어느 한 곳으로 쫙 모이는 듯한, 양쪽 귀가 머리 위로 쫑긋이 당기어 올라가는 듯한, 혀가 목구멍 속으로 말려 들어가는 듯한, 눈언저리에 퍼어런 불이 번쩍번쩍 일어나는 듯한, 어지러움과 노여움과 조마로움이 한데 뭉치어 발끝에서 머리끝까지의 그의 전신을 어디로 휩쓸어 가는 듯만 하였다. 그는 지금껏 이렇게까지 그녀에게 마음이 가 있어 떨어질 수 없게 되었으리라고는 너무도 뜻밖이었다. 그것이 이제 영원히 헤어지려는 이 순간에 와서야 갑자기 심지에 불을 켜듯 확 타오르기 마련이던가, 하는 것이 자꾸만 꿈과 같았다. 자칫하면 체면도 염치도 다 놓고 엉엉 울음이 터질 것만 같이 목이 징징 우는 것을, 그러는 중에서도 이 얼굴을 어머니에게 보여서는 아니 된다는 의지에서 떨리는 입술을 깨물며, 마루 끝에 궁둥이를 찧듯 털썩 앉아 버렸다.

"아들이 참 잘 생겼소."

영감은 분명히 성기를 두고 하는 말인 모양이었다. 그러나 성기는 그쪽으로 고개를 돌려보지 않은 채, 그들에게 무슨 적의나 품은 듯이 앉아 있었다.

옥화는 그동안 또 성기에게 역시 그 체장수 영감의 이야기를 전해 들려주고 있는 모양이었다. 지리산 속에서 우연히 옛날 고향 친구의 아들이 된다는 낯선 젊은이를 만났다. 그는 영감의 고향인 여수에서 큰 공장을 경영하는 실업가로, 지리산 유람을 들어왔다가 이야기 끝에 우연히 서로 알게 되었다. 그는 영감에게 함께 고향으로 돌아가 살자고 했다. 영감은 문득 고향 생각도 날 겸 그 청년의 도움으로 어떻게 형편이 좀 펼 것 같이도 생각되어 그를 따라 여수로 돌아가기로 결정을 하고 나오는 길이라…… 옥화가 무어라고 한참 하는 이야기는 대개 이러한 의미인 듯하였으나, 조마롭고 어지럽고 노여움으로 이미 두 귀가 멍멍하여진 그에게는 다만 벌떼처럼 무엇이 왕왕거릴 뿐 아무것도 분명히 들리지 않았다.

"막걸리 맛이 어찌나 좋은지 배가 부르당게."

그동안 마지막 술잔을 들이켜고 난 영감은 부채와 지팡이를 집어들며 이렇게 말했다.

"여수 쪽으로 가시게 되면 영영 못 보게 되겠구만요."

옥화도 영감을 따라 일어서며 이렇게 말했다.

"사람 일을 누가 알간듸, 인연 있음 또 볼 터이지."

영감은 커다란 미투리에 발을 꿰며 말했다.

"아가, 잘 가거라."

옥화는 계연의 조그만 보따리에다 돈이 든 꽃주머니 하나를 정표로 넣어 주며 하직을 하였다.

계연은 애걸하듯 호소하듯한 붉은 두 눈으로 한참 동안 옥화의 얼굴을 쳐다보고만 있었다.

"또 오너라."

옥화는 계연의 머리를 쓸어 주며 다만 이렇게 말하였고, 그러자 계연은 옥화의 가슴에다 얼굴을 묻으며 엉엉 소리를 내어 울기 시작하였다.

옥화가 그녀의 그 물결같이 흔들리는 둥그스름한 어깨를 쓸어 주며,

"그만 울어, 아버지가 저기 기다리고 계신다."

하는 음성도 이젠 아주 풀이 죽어 있었다.

"그럼 편히 계시요."

영감은 옥화에게 하직을 하였다.

"하라부지 거기 가 보시고 살기 여의찮거든 여기 와서 우리하고 같이 삽시다."

옥화는 또 한 번 이렇게 당부하는 것이었다.

"오빠, 편히 사시오."

계연은 이미 시뻘겋게 된 두 눈으로 성기의 마지막 시선을 찾으며 하직 인사를 했다.

성기는 계연의 이 말에 꿈을 깬 듯, 마루에서 벌떡 일어나 계연의 앞으로 당황히 몇 걸음 어뜩어뜩 걸어오다간 돌연히 다시 정신이 나는 듯 그 자리에 화석처럼 발이 굳어 버린 채, 한참 동안 장승같이 계연의 얼굴만 멍하게 바라보고 있었다.

"오빠, 편히 사시오."

이렇게 두 번째 하직을 하는 순간까지도, 계연의 그 시뻘건 두 눈은 역시 성기의 얼굴에서 그 어떤 기적과도 같은 구원만을 기다리는 것이었고 그러나, 성기는 그 자리에 그냥 주저앉아 버릴 뻔하던 것을 겨우 버드나무 가지를 움켜잡을 수 있었을 뿐이었

다.

 계연의 시뻘겋게 상기된 얼굴은, 옥화와 그녀의 아버지가 그녀들을 지켜보고 있다는 것도 잊은 듯이 성기의 얼굴만 뚫어지게 바라보고 있었으나, 버드나무에 몸을 기대인 성기의 두눈엔 다만 불꽃이 활활 타오를 뿐, 아무런 새로운 명령도 기적도 나타나지 않았다.

 "오빠, 편히 사시오."

 하고, 거의 울음이 다 된, 마지막 목소리를 남기고 돌아선 계연의 저만치 가고 있는 항라 적삼을, 고운 햇빛과 늘어진 버들가지와 산울림처럼 울려오는 뻐꾸기 울음 속에, 성기는 우두커니 지켜보고 있을 뿐이었다.

 성기가 다시 자리에서 일어나게 된 것은 이듬해 우수(雨水), 경칩(驚蟄)도 다 지나 청명(淸明) 무렵의 비가 질금거릴 즈음이었다. 주막 앞에 늘어선 버들가지는 다시 실같이 푸르러지고 살구, 복숭아, 진달래들이 골목 사이로 산기슭으로 울긋불긋 피고 지고 하는 날이었다.

 아들의 미음 상을 차려 들고 들어온 옥화는 성기가 미음 그릇을 비우는 것을 보자, 이렇게 물었다.

 "아직도 너, 강원도 쪽으로 가 보고 싶냐?"

 "……"

 성기는 조용히 고개를 돌렸다.

 "여기서 장가들이 나랑 같이 살겠냐?"

"……."

성기는 역시 고개를 돌렸다.

— 그해 아직 봄이 오기 전, 보는 사람마다 성기의 회복을 거의 다 단념하곤 하였을 때, 옥화는 이왕 죽고 말 것이라면, 어미의 맘속이나 알고 가라고, 그래, 그 체장수 영감은, 서른여섯 해 전 남사당을 꾸며 와 이 '화개장터'에 하룻밤을 놀고 갔다는 자기의 아버지임에 틀림이 없었다는 것과, 계연은 그 왼쪽 귓바퀴 위의 사마귀로 보아 자기의 동생임이 분명하더라는 것을 통정하노라면서, 자기의 왼쪽 귓바퀴 위의 검정 사마귀까지를 그에게 보여 주었다.

"나도 처음부터 영감이 '서른여섯 해 전'이라고 했을 때 가슴이 섬짓하긴 했다. 그렇지만 설마 했지, 그렇게 남의 간을 뒤집어 놀 줄이야 알았나. 하도 아슬해서 이튿날 악양으로 가 명도까지 불러 봤더니 요것도 남의 속을 빤히 들여다나 보는 듯이 조잘대는구나, 차라리 망신을 했지."

옥화는 잠깐 말을 그쳤다. 성기는 두 눈에 불을 켜듯 한 형형한 광채를 띠고, 그 어머니의 얼굴을 쳐다보고 있었다.

"차라리 몰랐으면 또 모르지만 한번 알고 나서야 인륜이 있는 듸 어찌겠냐."

그리고 부디 에미 야속타고나 생각지 말라고 옥화는 아들의 뼈만 남은 손을 눈물로 씻었다.

옥화의 이 마지막 하직같이 하는 통정 이야기에 의외로도 성기는 도로 힘을 얻은 모양이었다. 그 불타는 듯한 형형한 두 눈

으로 천장을 한참 바라보고 있던 성기는 무슨 새로운 결심이나 하듯 입술을 지그시 깨물고 있었다.

아버지를 찾아 강원도 쪽으로 가 볼 생각도 없다. 집에서 장가 들어 살림을 할 생각도 없다, 하는 아들에게 그러나, 옥화는 이제 전과 같이 고지식한 미련을 두는 것도 아니었다.

"그럼 어쩔랴냐? 너 좋 대로 해라."

"……."

성기는 아무런 말도 없이 도로 자리에 드러누워 버렸다.

그리고 나서 한 달포나 넘어 지난 뒤였다.

성기가 좋아하는 여러 가지 산나물이 화갯골에서 연달아 자꾸 내려오는 이른 여름의 어느 장날 아침이었다. 두릅회에 막걸리 한 사발을 쭉 들이키고 난 성기는 옥화더러,

"어머니 나 엿판 하나만 맞춰 주."

하였다.

"……."

옥화는 갑자기 무엇으로 머리를 얻어맞은 듯이 성기의 얼굴을 멍하니 바라보고 있었다.

그런 지도 다시 한 보름이나 지나, 뻐꾸기는 또다시 산울림처럼 건드러지게 울고, 늘어진 버들가지엔 햇빛이 젖어 흐르는 아침이었다. 새벽녘에 잠깐 가는비가 지나가고, 날은 다시 유달리 맑게 갠 '화개장터' 삼거리 길 위에서, 성기는 그 어머니와 하직을 하고 있었다. 갈아입은 옥양목 고의 적삼에 명주 수건까지 머

리에 질끈 동여매고 난 성기는 새로 맞춘 새하얀 나무 엿판을 질빵해서 느직하게 엉덩이 즈음에다 걸었다. 윗목판에는 새하얀 가락엿이 반 넘어 들어 있었고, 아랫목판에는 팔다 남은 이야기책 몇 권과 간단한 방물이 좀 들어 있었다.

그의 발 앞에는, 물과 함께 갈리어 길도 세 갈래로 나 있었으나, 화갯골 쪽엔 처음부터 등을 지고 있었고, 동남으로 난 길은 하동, 서남으로 난 길이 구례, 작년 이맘때도 지나 그녀가 울음 섞인 하직을 남기고 체장수 영감과 함께 넘어간 산모롱이 고갯길은 퍼붓는 햇빛 속에 지금도 환히 장터 위를 굽이돌아 구례 쪽을 향했으나, 성기는 한참 뒤 몸을 돌렸다. 그리하여 그의 발은 구례 쪽을 등지고 하동 쪽을 향해 천천히 옮겨졌다.

한 걸음, 한 걸음, 발을 옮겨 놓을수록 그의 마음은 한결 가벼워져 멀리 버드나무 사이에서 그의 뒷모양을 바라보고 서 있을 어머니의 주막이 그의 시야에서 완전히 사라져 갈 무렵 하여서는 그도 제법 육자배기 가락으로 콧노래까지 흥얼거리며 가고 있는 것이었다.

작품 해설 및
김동리 연보

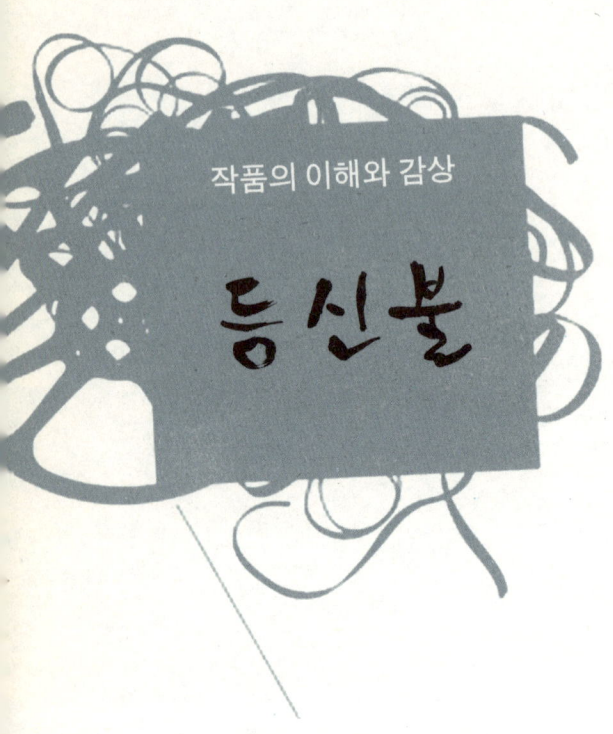

작품의 이해와 감상

등신불

〈액자의 안과 밖〉

　　김동리의 단편 소설 ≪등신불≫은 '액자 소설'이다. 따라서 여기에는 두 개의 이야기가 존재한다. 한 편에는 소신공양을 통하여 부처로 모셔지고 있는 만적 선사 이야기가, 그리고 다른 한 편에 이를 독자들에게 전달해 주는 서술자인 '나'의 이야기가 있다. 물론 중심 서사(이야기)는 만적 선사에 관한 것이다.

'나'의 이야기는 만적 선사에 관한 일화를 전달해 주기 위한 소설적 '배경'으로 기능하고 있다. 그러나 조금만 더 자세하게 읽어 보면 사실은 이 두 이야기가 긴밀하게 연결되어 있다는 것을 알 수가 있다.

작가가 액자 형태로 소설을 구성하는 것은 자신이 전달하고자 하는 이야기에 더욱 신빙성을 더해 주기 위해서이다. 따라서 액자 소설에서 작가가 독자에게 전달하고자 하는 것은 어디에선가 전해 듣거나 본 '액자 안'의 이야기이다. 미술품을 관람할 때 액자 안에 담긴 그림을 감상하지 액자를 주목하는 사람은 없을 것이다. 이와 마찬가지로 액자 소설에서 독자는 '전해지는 이야기'를 중심으로 읽는다. 따라서 서술자인 '내'가 어떻게 그 이야기를 전해 들었는지 혹은 어디에서 보았는지는 액자 소설에서는 그다지 중요하지 않는 것으로 취급되는 것이 보통이다.

그러나 《등신불》은 이러한 액자 소설의 일반적인 경향을 따르지 않고 있다. 다시 말해 이 소설은 비록 액자 소설의 형태를 가지고 있지만 두 개의 이야기가 서로 긴밀하게 연결되어 있다. 그리고 두 이야기에 나타나는 사건들은 서로 대칭을 이루며 소설 전체의 주제를 구성한다. 먼저 서술자인 '나'가 정원사(淨願寺)에 이르게 된 과정을 살펴 보자.

일본의 대정대학에 재학 중이던 '나'는 일제의 학병으로 징집된다. 식민지 조선인인 그에게 일본의 전쟁은 결코 '나의 전쟁'이 될 수 없는 것이었다. 더구나 인도지나 방면으로 가면 전사할 수밖에 없는 상황이다. '나'에게 아무런 '의미' 없는 전쟁에 참가하지 않고 나의 목숨을 부지하기 위해서는 '탈출'만이 유일한 길이었다. 하지만 그가 믿고 찾아간 대정대학 선배인 진기수 씨는 그를 그다지 달가워하지 않는다. 그가 '적군의 군복'을 입고 있었기 때문이었을 것이다. 그때 그는 자신의 '바른편 손 식지 끝'을 물어뜯고는 피로 '願免殺生 歸依佛恩'이라는 '여덟 글자'를 쓴다. 이 글자가 진기수 씨의 마음을 움직여 그는 정원사로 피할 수가 있었다. 살생을 원하지 않는다는 말이 아마도 불교도인 진기수 씨의 마음을 바꾸게 만들었을 것이다. 이제 '액자 안'의 이야기로 돌아가 보자.

만적 선사가 스님이 된 것은 집을 나간 '신'을 찾기 위해서였다. 의부(義父)의 아들인 신은 계모가 자신을 독살하려 한다는 것을 알고 집을 나간 것이었다. 그러나 만적이 '스물 세 살 나던 해' 만난 신은 '문둥병'에 걸려 있었다. 그는 곧바로 '화식'을 끊고는 자신의 몸을 '소신공양' 하기로 결심한다. 그리고 만적은 '향로'를 머리에 이고 자신의 몸을 불태워 부처님에게 바친다. 당연하게도 그의 소신공양은 동생 신에 대한 죄의식에서 비롯된 것이다. 어머니를 대신하여 스스로의 몸을 불 태워 자신이 신에게 속죄하고자 한 것이다.

이 두 개의 이야기 즉 '액자 밖'에 있는 '나'의 이야기와 '액자 안'의 만적선사의 이야기가 연결되는 지점은 '식지 자르기'와 '소신공양'이다. 왜 '내'가 식지를 잘랐는가? 그것은 이유 없는 살인을 하지 않기 위해서였다. 왜 만적 스님은 '소신공양'을 선택할 수밖에 없었는가? 그 또한 인간의 생명과 관계가 있다. 자신의 뜻은 아니었지만, 신을 죽이고자 한 어머니의 행동은 결국 자신에게 재산을 물려주기 위해서였다. 그 때문에 집을 나온 신은 '문둥병'에 걸리게 되었다. 만적 선사는 바로 그 책임이 궁극적으로는 자신에게 있다고 생각한 것이다. '식지 자르기'와 '소신공양'은 바로 이 점에서, 다시 말해 '살생을 면하고자' 기꺼이 자신의 몸을 '바치고자' 했다는 점에서 정확하게 일치하는 것이다. "자네, 바른 손 식지를 들어 보게."라는 소설 말미 원혜 대사의 말이 바로 그것이다.

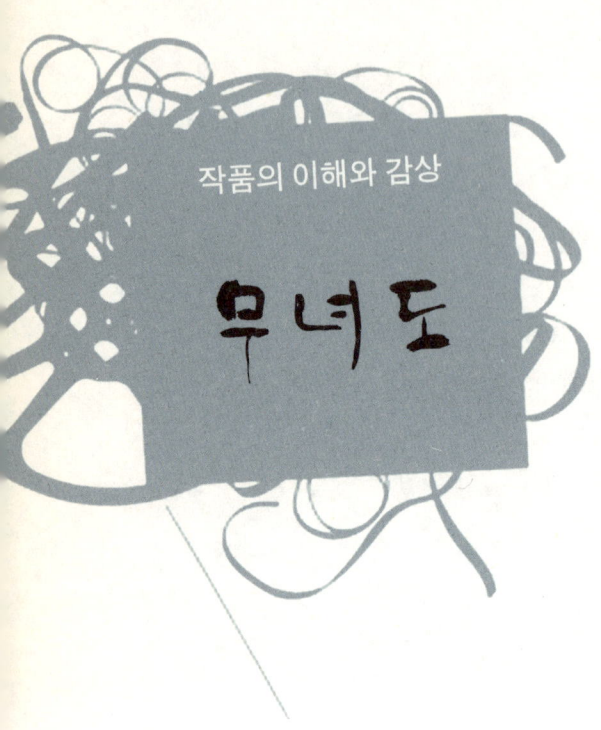

작품의 이해와 감상

무녀도

〈다름과 틀림〉

　《무녀도》는 김동리의 다른 소설 《등신불》처럼 액자 구성을 취하고 있다. 그러나 《등신불》이 '액자 밖'의 이야기와 '액자 안'의 이야기가 긴밀히 연관 되어 있는 반면에 《무녀도》는 그렇지가 않다. 이 소설에서 '나'는 단순히 '액자 안'의 이야기를 전달해 주는 '화자'로서의 역할만을 하고 있다. 따라서 이 소설을 올바로 읽는 방법은 '화자'가 전해 주는 '액자 안'의 이야기에 집중하는 것이다.

화자가 전하는 것은 '종교적 갈등'과 그로 인해 발생한 한 가족의 비극적인 이야기다. 종교적 갈등은 동서양을 막론해 예부터 있어 왔다. 그리고 자신의 종교만을 '유일'한 것으로 내세운 결과로 인류는 많은 대가를 치러야 했다. 멀리는 '십자군 전쟁'부터 최근 한국에서 발생한 이른바 불교 도량(절)에 대한 일부 기독교인들의 '땅 밟기'까지 그 갈등은 여전히 이어져 오고 있다. 이러한 종교적 갈등은 전쟁으로 귀결되거나 공동체 내에 분열을 가져올 수밖에 없다.

모화는 무당이다. 그리고 그녀의 아들 욱은 기독교인이다. 물론 모화는 욱을 사랑하고 있다. 하지만 그녀는 아들의 종교적 신념만은 받아들일 수가 없다. 욱 또한 마찬가지이다. 사랑하던 모자 관계가 틈을 보이게 되는 것은 바로 이러한 종교적 신념의 차이 때문이었다. "네, 하나님께서 우리 사람을 내셨으니깐요."와 "야아, 너 잡귀가 들렸구나!"라는 대화는 모화와 욱 사이에 쉽게 메울 수 없는 골이 파였음을 알게 해준다. 모화의 입장에서 욱은 '예수 잡귀'가 씌었으며, 반면에 욱의 입장에서 모화는 기독교 교리에 어긋나는 한낱 '미신'을 믿고 있을 뿐이다. 결국 욱의 '몸에 붙은 잡귀'를 몰아내기 위해서 「신약성서」를 불태우던 모화는 이를 말리는 자신의 아들을 '식칼'로 죽이고야 만다. 그리고 그녀 또한 굿을 하던 중에 물에 빠져 죽는다. 이 이야기는 서로를 인정하지 않는 종교적 믿음이 어떤 비극을 가져올 수밖에 없는가를 잘 말해주고 있다.

《무녀도》는 이처럼 서로 다른 종교적 신념이 야기한 비극으로 읽을 수도 있지만, 또한 이 소설은 문화적 갈등에 관한 이야기이기도 하다. 이 세상에 이른바 '순수한 문화'는 없다. 모든 문화는 '섞인다'. 한자(漢字)는 중국에서 들어온 '이질적인' 것이었지만 한반도에서 사용되던 언어와 '섞여' 지금의 한국어를 만들어 내었다. 신라인은 이 한자를 적절히 변용시켜 향가(鄕歌)를 기록했다. 만약에 신라인들이 한자를 자신들의 것이 아니라는 이유로 배척했다면 우리는 신라의 아름다운 노래 향가를 감상할 수 없었을 것이다.

유럽 문화의 모태가 된 고대 그리스 문화도 그리스의 고유한 것만으로 이루어진 것은 아니다. 그리스 문화는 그 주변 문화와 교섭을 통하여 서로가 섞이며 이루어진 것이다. 중국 문화 또한 마찬가지이다. 그러나 이 문화의 '섞임'이 결코 쉽지 않다는 것을 《무녀도》는 말해준다. 대개의 문화는 다른 문화에 대해 배타적이다. 왜냐하면 이질적인 문화가 들어왔을 때 자신들의 정체성이 위협을 받을 것이라고 생각하기 때문이다. 《무녀도》에서 욱의 기독교는 서양문화를 모화의 샤머니즘은 한국의 문화를 상징하는 것으로 읽을 수가 있다. 모화와 욱의 관계가 비극적으로 끝나는 것을 보았을 때 이러한 이질적인 문화가 서로 섞인다는 것이 결코 쉽지 않다는 것을 알 수가 있다. 그러나 모화와 욱의 이야기에서 알 수 있듯이 한 문화가 다른 문화를 배타적으로만 대한다면 그것은 비극으로 이어질 수밖에 없다.

프랑스의 인류학자인 레비스트로스는 모든 인류의 문화는 우열이 없다고 했다. 문화는 단지 주변 환경에 의해 서로 '다르게' 형성되었을 뿐이지 '틀린' 문화는 없다는 것이다. 이것이 이른바 문화상대주의다. 지금은 세계화 시대이다. 인류는 싫든 좋든 서로의 문화를 주고받으며 살아갈 수밖에 없다. 만약에 다른 문화를 '틀린' 문화로 규정하고 배타적으로만 대한다면 모화와 욱이 보여준 것처럼 인류는 비극으로 치달을 수밖에 없을 것이다.

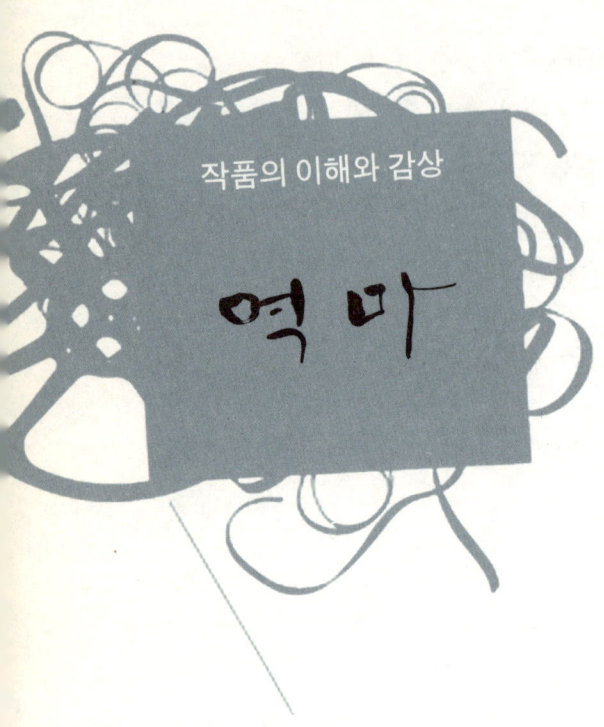

작품의 이해와 감상

역마

〈운명에 대한 슬픈 이야기〉

　인간은 운명대로 사는 것일까, 아니면 인간 스스로가 자신의 삶을 개척해 나가는 것일까? 이는 쉽지 않은 질문이다. 답이 쉽지 않기 때문에 고대 그리스의 비극작가 소포클레스를 위시한 수많은 시인 작가들이 이 운명에 대해 관심을 가졌을 것이다. 소포클레스에 의하면 운명은 피할 수가 없는 것이다.

오이디푸스는 아버지를 죽이고 어머니와 결혼할 것이라는 운명을 가지고 태어났다. 그의 아버지 라이오스는 이러한 운명을 피하기 위해 오이디푸스를 죽이기로 결정한다. 그러나 운명은 피할 수 없는 것이었다. 그는 '운명' 대로 자신의 아들에게 죽임을 당한다. 만약에 그가 운명을 '피해' 보고자 자신의 아들을 버리지 않았다면? 그가 오히려 운명과 맞서고자 했다면? 어쩌면 오이디푸스는 아마도 자신의 아버지를 죽이는 운명을 피했을 수도 있었을 것이다. 라이오스가 자신의 아버지인 것을 알았다면 오이디푸스가 그를 죽였을 리가 없을 것이기 때문이다.

《역마》 또한 이러한 운명에 대한 슬픈 이야기이다. 《역마》는 화개 장터를 배경으로 하고 있다. 화개 장터는 소설에서 말하고 있듯이 "하동(河東), 구례, 쌍계사의 세 갈래 길목"이다. 이는 바로 운명의 갈림길이다. 자신의 앞에 난 세 길 중에서 주인공 성기가 결국은 발길을 하동으로 돌릴 수밖에 없는 것이 바로 그의 운명인 것이다.

《역마》는 화개 장터의 주막집 삼대와 체 장수 모녀 간에 얽힌 '운명적' 인 이야기다. 옥화의 어머니는 "젊은 남사당의 진양조 가락에 반하여 옥화를 배었다." 옥화는 "구름같이 떠돌아다니는 중과 인연을 맺어 성기를 가지게" 되었다. 그리고 그 남자들은 모두 떠나고 두 여자와 성기만이 화개 장터에 남았다. 어느 날 체 장수와 그의 딸 계연이 '운명' 처럼 이들 앞에 나타난다. 그리고 또한 '운명' 처럼 성기와 계연은 사랑에 빠진다. 그러나 그들의 사랑은 이루어질 수 없는 '운명'이었다. 옥화에 의해 그들이 이모와 조카 사이라는 것이 밝혀진 것이다. "오빠, 편히 사시오." "시뻘겋게 된 두 눈으로 성기의 마지막 시선을 찾으며 하직 인사"를 하는 계연의 모습에서 독자는 그 피할 수 없는 운명에 몸서리칠 수밖에 없다. 그들의 사랑이 순수했던 만큼 그 비극성은 더욱 극대화된다.

그렇다면 과연 운명은 피할 수가 없는 것인가? 여기서 《역마》의 주인공, 이루어질 수 없는 비극적 사랑의 주인공 성기의 운명에 대해 생각해볼 필요가 있다. 성기의 운명 또한 어떤 면에서 오이디푸스의 그것과 닮아 있다. '당사주'에 의하면 성기는 시천역, 즉 역마살이 든 운명을 가지고 태어났다. 역마살은 한 곳에 정착하지 못하고 여기저기 떠돌 수밖에 없는 운명을 가리키는 말이다. 그의 할아버지는 이곳저곳 떠돌아다니는 남사당이고, 아버지는 "구름같이 떠돌아다니는 중"이라는 점에서 성기의 이 역마살은 이미 예견된 것인지도 모른다.

자신의 손자가 역마살이 들었다는 것을 알게 된 그의 할머니는 그 운명을 피해 보고자 성기를 절로 보낸다. 라이오스는 자신이 아들에게 죽는다는 운명을 피해 보고자 오이디푸스를 죽이고자 했다. 성기의 할머니나 라이오스는 둘 다 운명을 피해 보고자 한 것이다. 그러나 라이오스가 그 운명을 끝내 피하지 못했듯이 성기 또한 자신의 역마살이라는 운명을 피하지 못한다. 그가 역마살을 피해 정착할 수 있는 방법은 단 하나, 계연과 결혼하는 것이었다. 그러나 끝내 운명은 그를 비켜가지 않는다. 그가 계연이 떠난 구례 길을 버리고, 그리고 쌍계사를 등지고 결국 엿판을 짊어지고 하동으로 발길을 돌리는 것은 운명의 무거움을, 그리고 인간은 자신에게 주어진 운명을 피할 수 없다는 것을 암시해 주고 있다. 이후 성기는 역마살 든 그의 발길을 멈출 수가 있었을까?

  많은 이들이 운명이란 얼마든지 바꿀 수가 있다고 말한다. 운명에 패배하는 것은 본인의 나약함 때문이라는 것이다. 이들의 주장처럼 인간은 자신이 스스로의 삶을 개척하는 것일까? 아니면 김동리의 아름답고 슬픈 소설 《역마》가 보여주듯이 결국 인간은 자신에게 정해진 그 길, 운명의 길을 따라 살아갈 수밖에 없는 것일까? 둘 다 맞는 것일 수도 틀린 것일 수도 있다. 그렇다면 우리는 아직도 운명이란 무엇인가에 대한 답을 얻지 못한 것에 다름 아니다.

김동리 연보

- 본명은 시종(始鍾).
- 1913년 경북 경주에서 부 김인수와 모 허임순 사이에서 3남으로 출생.
- 1920년 경주 제일교회 소속 계남학교에 입학, 6년 후 졸업.
- 1926년 대구 계성학교 입학, 부친 별세.
- 1928년 서울 경신교 3년에 신입학.
- 1929년 동교 중퇴.《중외일보》에 시〈고도〉발표.
- 1934년 조선일보 신춘문예에 시〈백로〉입선.
- 1935년 중앙일보 신춘문예에 단편소설〈화랑의 후예〉당선,〈폐도시인〉〈생식〉등 발표. 다솔사와 해인사에서 정양.
- 1936년 동아일보 신춘문예에 단편소설〈산화〉당선. 단편〈바위〉(신동아)〈무녀도〉(중앙)〈술〉(조광)〈산제〉〈팥죽〉, 수편의 시 발표.
- 1937년《시인부락》동인이 됨. 단편〈불화〉〈황토기〉〈솔거〉〈허덜풀네〉〈생일〉, 시〈구강산〉〈행로음〉등 발표.
- 1938년 단편〈정원〉, 평론〈순수이의〉〈신세대의 문학정신〉등 발표.
- 1939년 단편〈찔레꽃〉〈혼구〉〈동구앞길〉등 발표.
- 1940년 일제하 문인보국회, 국민문학연맹 등 어용문학단체 가입 권고를 거절. 단편〈완미설〉〈소년〉등 발표.
- 1941년 단편〈회계〉〈다음 항구〉등 발표.
- 1942년 단편〈소녀〉〈하현〉등이 일제 검열에서 전문 삭제. 광명학원이 당국에 의하여 폐쇄. 백씨 범부선생이 사상관계로 경찰에 구속. 가택 수색을 당함. 이후 8·15 해방까지 붓을 꺾고 침묵을 지킴.

- 1946년 조공계의 문학가동맹에 대항하여 한국청년문학가협회를 결성 초대 회장에 피선. 결성 선언서를 발표. 단편 〈윤회설〉, 평론 〈순수문학의 진의〉〈한국문학의 지표〉 등 발표
- 1947년 공산계의 계급주의 민족 문학론에 대항하여 인간주의 민족 문학론을 재창하고 본격문학이란 말을 처음으로 사용함. 단편 〈달〉〈지연기〉〈혈거부족〉, 평론 〈민족문학사〉〈본격문학과 제3 세계관〉 등 발표.
- 1948년 민족일보 편집국장에 취임. 단편 〈역마〉 발표. 평론 〈문학과 인간〉 상재
- 1949년 〈문예〉 주간. 각계 기존 문학단체들을 동시 해체하고, 한국문학협회를 결성, 소설분과위원장 피선. 서울대, 고려대 강사. 제2창작집 《황토기》 상재. 장편 〈해방〉, 단편 〈형제〉(〈광풍 속에서〉로 개제)〈범정〉 등 발표.
- 1950년 문교부 예술위원, 서울시 문화위원 등 피촉, 한국전쟁 중 문총 구국대를 결성. 부대장에 피선. 단편 〈인간동의〉 발표.
- 1951년 한국문학가협회 사무국장에 피선. 피난지 부산에서 《귀환장정》 간행.
- 1952년 한국문학가협회 부위원자에 피선. 《문학개론》 간행.
- 1953년 환도 서라벌예대 교수로 피임.
- 1954년 한국 유네스코 위원, 예술원 회원 등에 피선. 단편 〈살벌한 황혼〉 등 발표.
- 1955년 단편 〈흥남철수〉와 〈말다원시대〉로 자유문학상 수상. 장편 〈사반의 십자가〉 연재. 단편 〈실존무〉〈진달래〉〈용〉 등 발표.
- 1956년 장편 〈사반의 십자가〉 연재 끝냄. 단편 〈정자〉〈수로부인〉

- 〈목공요셉〉 등 발표. 《실존무》간행.
- 1957년 《사반의 십자가》 간행. 〈춘추〉 연재. 시 〈꽃〉외 10여 편 발표.
- 1958년 장편 〈사반의 십자가〉로 예술원상(작품상) 수상. 장편 〈춘추〉 간행
- 1959년 장편 〈자유의 역사〉 연재. 중편 〈애정의 윤리〉, 단편 〈등신불〉, 시 7편 등 발표.
- 1960년 장편 〈이곳에서 던져지다〉 연재 마침. 단편 〈강유기〉〈당고개 무당〉〈자매〉 등 발표.
- 1961년 5·16 이후 모든 사회단체와 함께 한국문학가협회가 자동적(포고령에 의한)으로 해체되고, 12월 전체 문단 통합단체인 문인협회가 재발족되자 부이사장에 피선. 중편 〈비오는 동산〉, 10여 편의 시, 시조를 발표.
- 1962년 장편 〈해풍〉 탈고. 단편 〈두꺼비〉 시 및 시조 수편 발표.
- 1963년 〈해풍〉 연재. 《등신불》 간행. 시조 〈익국〉 발표.
- 1964년 단편 〈늪〉〈천사〉〈심장 비 맞다〉 등 발표.
- 1965년 단편 〈꽃〉〈성문의 거리〉, 시 〈연〉 등 발표.
- 1966년 단편 〈까치소리〉〈송추에서〉〈백운가〉〈바람아 대추야〉〈어떤 부정〉〈염주〉 등 발표. 수필집 《자연과 인생》 간행.
- 1967년 〈까치소리〉로 3·1 문화상 수상. 단편 〈석로인〉 발표. 《김동리대표작선집》을 삼성출판사에서 간행.
- 1968년 대한민국 국민훈장 동백장 수장. 《월간문학》 창간. 중편 〈꽃 피는 아침〉〈극락조〉 등 발표.
- 1969년 단편 〈눈 내리는 저녁때〉 발표.

- 1970년 한국문인협회 이사장 피선. 서울시 문화상 본상 수상. 국민훈장(모란장) 수상.
- 1971년 장편 〈아도〉 발표.
- 1972년 서라벌 예술대학교 취임. 한·일문화교류협회장 피선. 장편 〈삼국기〉 연재.
- 1973년 중앙대 예술대학교 취임. 중앙대에서 명예 문학박사학위 수여. 한국문학》 창간. 회갑기념으로 창작집 《까치소리》, 수필집 《자연과 인생》, 시집 《바위》 간행.
- 1974년 한일 서예문화교류협회장 피선. 〈삼국기〉 후편 〈대왕암〉 연재 시작. 75년 12월에 마침.
- 1976년 단편 〈선도산〉 〈꽃이 지는 이야기〉 등 발표.
- 1977년 단편 〈이별이 있는 풍경〉 〈저승새〉 등 발표.
- 1978년 장편 〈을화〉 발표.
- 1979년 단편 〈만자동경〉 〈우물 속의 얼굴〉 발표.
- 1980년 수필집 《명상의 늪가에서》, 콩트 〈추격자〉 발표.
- 1981년 예술원장 피선.
- 1983년 시집 《패랭이꽃》 발표.
- 1984년 한국문인협회 이사장, 예술원장. 에세이 〈생각이 흐르는 강물〉 〈밥과 사상과 그리고 영원〉 간행.
- 1985년 대한민국 예술원 원로 회원.
- 1986년(74세) 한국문인협회 이사장 재추대.
- 1989년 한국문인협회 명예회장 추대.
- 1990년 소설가협회장 피선. 7월 30일 뇌졸중으로 쓰러져 투병.
- 1995년 타계.